muriel

COLLECTION FOLIO

Didier Daeninckx

Un château en Bohême

Denoël

© *Éditions Denoël, 1994.*

Didier Daeninckx est né en 1949 à Saint-Denis (Seine-Saint-Denis). De 1966 à 1975, il travaille comme imprimeur dans diverses entreprises, puis comme animateur culturel avant de devenir journaliste localier dans plusieurs publications municipales et départementales. En 1977, il profite d'une période de chômage pour écrire *Mort au premier tour*, qui ne sera publié que cinq ans plus tard. Depuis, Didier Daeninckx a écrit une vingtaine d'ouvrages, dont *Meurtres pour mémoire*, *La mort n'oublie personne* ou *Zapping*.

Le pouvoir est prisonnier de ses propres mensonges et c'est la raison pour laquelle il doit falsifier le passé, le présent et le futur.

VACLAV HAVEL
Le Théâtre et le Pouvoir

La dédicace

Une fille au pied de chacun des arbres de la forêt, depuis la frontière en venant de l'ancienne Karl-Marx-Stadt. Des brunes, des rousses, des punks, cuisses découvertes, l'espoir aux lèvres. Les ombres mêlées des troncs et des jambes striaient l'asphalte avant que leur reflet ondule sur le capot de la Safrane. Il avait dû freiner plusieurs fois en catastrophe à cause d'un type qui avait enfin fait son choix. La fille se baissait vers la fenêtre, la minijupe à l'horizontale, la portière s'ouvrait : « Bienvenue en République tchèque... », on se mettait d'accord sur les termes du marché, et le couple disparaissait dans les sous-bois. Tous les dix kilomètres un pétrolier bâtissait son aire de distribution, et les fanions des raffineurs claquaient au vent froid d'automne. Frédéric Doline prit la direction de Hradec Kralové. Il longea les champs au repos de la plaine de Polabi, traversant une infinité de villages déserts frileusement recroquevillés autour de leur clocher rénové. Il profita d'un arrêt devant une pompe « bleifrei » pour téléphoner à sa femme. Le répondeur lui renvoya sa propre voix.

— Vous êtes bien au numéro que vous avez

demandé, mais il n'y a personne. Laissez un message, on ne manquera pas de vous rappeler.

Il attendit le signal sonore.

— Salut, Nina, c'est encore moi. Je suis près de Nova Paka, en Tchéquie... Rentre vite, j'ai hâte d'entendre ta voix. Je te rappelle plus tard... Je t'embrasse...

Doline s'arrêta sur les bords de l'Elbe pour manger une portion de porc en sauce dans une salle d'auberge dont les fenêtres hautes dominaient les eaux grises du fleuve. Dans la pièce contiguë un orchestre répétait un programme de danses paysannes, et les serveurs slalomaient entre les tables en épousant le rythme des instruments. Il s'autorisa une bière au dessert et reprit la route, vaguement gai. Dès que la voiture parvenait au sommet d'une colline, la radio captait une station française... Bribes d'informations, éclats de pubs, refrains en friture... La nuit tombait quand il parvint aux confins des monts Sudètes. La Safrane quitta la route principale et s'engagea dans un chemin de terre, en direction des faubourgs d'Ostrava. La boue des ornières giclait sur le pare-brise. Quelques centaines de mètres avant les cités ouvrières un autre chemin, plus large, ondulait sur le flanc d'une butte puis plongeait droit dans une cuvette. Frédéric Doline le prit en première, prudent. Il actionna le lave-glace et découvrit les installations abandonnées de la mine à ciel ouvert. Il contourna une large flaque d'eau et vint se garer près du chevalement. Le claquement de la portière fit sursauter un couple de corneilles juchées sur le toit éventré de la salle des pendus. Doline prit un dossier dissimulé dans le compartiment de la roue de secours et le glissa dans un sac plastique. Il effectua quelques pas sur le carreau de la mine. L'air froid l'obligea à frissonner, après la chaleur sèche du voyage. Il remonta le col de son pardessus et alluma une cigarette. Une rafale de vent fit grincer un panneau au-dessus de sa tête, STARIK II, apportant dans son sillage le bruit caractéristique d'un moteur de l'Est.

Le break Wartburg, lancé à pleine vitesse, tressautait dans les fondrières, dérapait sur les rails tracés par les camions-bennes. Il fonça droit dans la mare faisant jaillir des gerbes d'eau sombre avant de s'immobiliser près de la Safrane. Un homme d'une cinquantaine d'années engoncé dans un manteau de laine s'extirpa de la voiture tandis que son passager restait immobile. Il se baissa pour prendre un attaché-case posé sur le siège arrière et s'avança en direction de Frédéric Doline, le visage illuminé par un formidable sourire. Tout d'abord Doline ne le reconnut pas et recula de quelques mètres. Pokorne le comprit instinctivement. Il souleva le chapeau avachi qui lui masquait le front, découvrant un crâne aussi lisse qu'une boule de cuivre. Doline sourit à son tour. Il se débarrassa de son mégot d'une pichenette et vint se prêter à l'accolade de Pokorne. Le chauve le repoussa doucement pour l'observer.

— Tu as l'air d'être en pleine forme... Tu n'as pas changé depuis le temps...

— Ça ne fait que quatre ans...

— Oui, mais quatre longues années... Tu as fait bon voyage ?

— Il ne faut pas se plaindre, je suis parti de Paris hier après-midi... J'ai dormi à Gera. C'est de l'autoroute pratiquement tout le long.

Pokorne souleva l'attaché-case à la hauteur de ses yeux puis le tendit à Doline.

— Tout ce que tu as demandé est là-dedans... Il y a beaucoup de paperasses inutiles... Je n'ai pas eu le temps de trier...

— Il vaut toujours mieux en avoir trop que pas assez...

Frédéric Doline libéra les serrures de l'attaché-case pour compulser les documents, les cassettes. Pokorne plongea la main dans la poche de son manteau et en sortit un mince volume de la collection « Sueurs du Futur ». Il le brandit à la manière d'un Garde rouge.

— *Les Moissons du Diable*... C'est pas mal comme titre... C'est le Colonel qui se l'est procuré. Ça lui ferait plaisir d'avoir une petite dédicace...

Doline ouvrit le coffre de la Safrane pour y ranger la mallette, posa un pied sur le rebord du pare-chocs et se servit de son genou comme écritoire. Il courba la tête. La plume du Mont-Blanc traça les lettres du nom du Colonel sur la page de garde, sous le titre. Pokorne fit semblant de regarder par-dessus son épaule. Sa main se dirigea une nouvelle fois vers la poche de son manteau. D'un geste précis il appuya le canon du revolver sur la nuque de l'écrivain. La détonation dispersa les corneilles. Il savait que le coup était mortel, mais il assura le contrat en logeant une seconde balle dans la tempe de Doline. Il se baissa pour arracher le stylo des doigts crispés de sa victime, ramassa le sac plastique puis le livre maculé de sang et de terre qu'il jeta dans le coffre de la Safrane. Une excavatrice se mit en marche, à l'autre extrémité de la mine. La machine vint buter contre une montagne de charbon et les dents du bulldozer commencèrent à creuser la masse de minerai. La matière emplit les godets du tapis roulant qui se dressait vers le ciel. Les poches de minéral commencèrent à se déverser, recouvrant le corps de Doline et la Safrane. Deux heures plus tard le site de Starik II avait repris son aspect initial. À un détail près : la montagne de charbon s'était insensiblement rapprochée du carreau de la mine...

Le break Wartburg roulait tranquillement vers Prague. Jaroslav avait pris le volant. C'était un homme d'une trentaine d'années au visage anguleux, inexpressif. Il conduisait en silence, gardant la voiture bien en ligne. Pokorne avait incliné le siège. Il ressentait toujours le besoin de dormir après un travail de ce genre : c'était là sa façon de décompresser. La Lancia bleue les dépassa à la sortie d'Olomouc alors qu'ils ne l'attendaient plus. Le klaxon miaula, réveillant le tueur en sursaut. Les feux de détresse clignotèrent dans la nuit. Jaroslav vint garer la Wartburg sur un petit parking bordé par d'immenses silos en béton. Il posa la main sur la poignée mais Pokorne fut plus rapide.

— Bouge pas de là, et évite de regarder...

— Pourquoi, il y a quelque chose à voir ?

Pokorne contourna le capot de la Wartburg pour venir se placer près de la portière avant de la Lancia. La vitre fumée s'abaissa jusqu'à la moitié du visage du Colonel. Le tueur entendit la voix sans voir les lèvres d'où elle sortait.

— Alors, vous avez tout ?

Pokorne montra le sac plastique de Doline.

— Très bien... Le coffre est ouvert...

Pokorne s'inclina tandis que la vitre remontait. Il

déposa tous les documents à l'arrière de la Lancia qui repartit aussitôt en projetant des gravillons sur la carrosserie du break. Ses feux arrière furent avalés par le premier virage.

Caisse et caddie

François Novacek s'arrêta quelques instants devant les tables du soldeur de livres. Une pile de *Balladur* à prix réduit masquait un exemplaire des *Mémoires* de Lacenaire dans l'édition Plasma. Une rareté en état parfait. Dix francs. Le libraire lui tendit sa découverte enveloppée dans un sac d'un rose pareil à celui des sex-shops. Novacek donna sa pièce en songeant qu'il aurait pu avoir le bouquin à moitié du prix s'il avait osé discuter. Il se consola en se disant qu'un Lacenaire ne se marchande pas, qu'au mieux il se vole. Il reprit sa marche le long des boutiques du centre commercial et dut par deux fois retirer la main d'un vendeur de fringues en manque qui s'accrochait à sa manche. Le *Salengro* se trouvait en contrebas, au débouché de l'escalier roulant. Il vint s'asseoir au fond de la salle sous le tableau du résultat des courses, comme convenu. Il terminait son second café quand elle prit place à côté de lui.

— François Novacek ?

Il leva les yeux sur une jeune femme d'une trentaine d'années habillée d'un jean, d'un blouson et perchée sur des talons d'une demi-douzaine de centimètres.

— Lui-même. Vous êtes Nathalie Brehier, je suppose...

— Oui... Vous avez l'air surpris...

— J'avais de vieilles idées sur les huissiers de justice...

— Vous êtes toujours d'accord ?

— Je ne serais pas là sinon : je ne mets jamais les pieds dans ce genre d'endroit. Dès que je rentre dans le parking, je suis déjà en hypoglycémie... C'est phobique... Vous prenez quelque chose ?

— Je préférerais que nous y allions maintenant... Je me sens un peu nerveuse moi aussi.

— Prenez mon bras et n'oubliez pas que pendant une heure vous êtes ma femme.

Ils se dirigèrent vers la partie du centre commercial décorée en rue parisienne. Réverbères en plastique, arbres de même matière, faux bancs... Ne manquaient que les sans-domicile-fixe effondrés sur leurs matelas de cartons. Nathalie engagea une pièce de dix francs dans le monnayeur du caddie et ils partirent à l'assaut des têtes de gondole de l'Euro-Market. Deux vigiles taillés sur le modèle de Schwarzenegger, en uniforme de paras commandos, surveillaient l'entrée des cohortes de ménagères et de retraitées. Un autre faisait les cent pas devant les caisses, tiré par un molosse à la gueule verrouillée par une muselière. Ils franchirent le barrage humain puis le tourniquet électronique. Novacek commença à jeter dans le chariot des marchandises prises au hasard des rayonnages. Pâtes alimentaires, sucre, eau minérale, riz rescapé de Somalie, plaquettes de chocolat. En levant la tête il repéra une caméra planquée dans le gril, entre une gaine d'aération et un collecteur de fils électriques.

Il amena le caddie dans le champ, et prit un air de conspirateur pour faire glisser la vitre du présentoir à l'aide d'une clef de voiture et se saisir d'une cassette de jeu vidéo, « Super Mario Land IV ». Il arracha la pastille piégée collée sur l'emballage avant de mettre le jeu dans la poche intérieure de sa veste. Au cours du quart d'heure qui suivit, ils dénichèrent trois autres caméras et s'emparèrent en direct d'un appareil photo Konika, d'un rasoir électrique Braun, ainsi que d'un flacon d'eau de toilette Drakkar. Ils se présentèrent à la caisse centrale et déposèrent leurs achats officiels sur le tapis roulant tout en observant à la dérobée les conversations secrètes des vigiles dans leurs walkies-talkies. Le type au chien commença les manœuvres d'approche quand la caissière appuya sur la touche commandant l'addition. Ses deux collègues délaissèrent le filtrage de l'entrée pour effectuer une subtile opération de bouclage des possibles issues. Novacek tendit un billet de deux cents francs. Il eut à peine le temps d'encaisser sa monnaie que la meute fondait sur eux.

— Qu'est-ce qu'il vous arrive ? J'ai payé...

L'un des deux Terminator lui broyait l'épaule tandis que l'autre tenait Nathalie en respect.

— Suivez-nous sans faire de scandale... Nous voulons juste procéder à un contrôle de vos achats...

Novacek protesta pour la forme, s'attirant un sourire condescendant de la part du dresseur.

— Vous n'avez rien à craindre, si vous avez la conscience tranquille...

Ils remontèrent le long des péages à bouffe, épiés par des centaines d'yeux. Des regards qui disaient « Tant mieux », des regards qui disaient « Tant pis ».

Moitié-moitié... Ils traversèrent les réserves sous escorte réduite, poussant leur caddie, contournant des murs de boîtes de lessive, des montagnes de serviettes hygiéniques, évitant les mouvements imprévisibles des transpalettes. On les fit enfin entrer dans un algéco posé au milieu de l'entrepôt. Un homme se balançait dans un confortable fauteuil de direction tout en observant la batterie de petits écrans disposés devant lui. Il leva la tête, furtivement, puis tapa du bout des doigts sur le plateau de son bureau.

— Videz vos poches, s'il vous plaît...

— Je ne comprends pas, vous faites erreur...

Pour toute réponse l'homme se contenta d'appuyer sur la touche d'un magnétoscope. Novacek et Nathalie apparurent sur l'écran, en noir et blanc. Ils filaient à toute vitesse au milieu des rayons, la position accélérée leur donnant des allures de « Charlot au magasin ». Le surveillant commentait leurs déplacements.

— Un jeu Nitendo, un Konika, un rasoir Philips ou Braun, du parfum... Je peux appeler les flics et vous faire fouiller si ça ne suffit pas...

— Très bien...

Novacek posa les objets sur le bureau.

— Je vous jure que c'est la première fois... Je ne sais pas ce qui m'a pris... Je ne me rendais pas compte...

— Vous faites quoi dans la vie ?

Novacek baissa la tête et répondit du bout des lèvres.

— Professeur de français...

— Bravo ! Et vous ?

— On est mariés, et je travaille dans le même lycée...

— Vous savez que vous pouvez être révoqués si une affaire comme celle-là vient devant les tribunaux... On ne plaisante pas avec la morale au ministère de l'Éducation nationale...

Il allongea la main vers le téléphone, décrocha et composa un numéro.

— Je vous en supplie... Je suis prêt à tout payer... Même le double du prix si ça reste entre nous...

Le surveillant se tourna vers le vigile appuyé contre la porte de l'algéco.

— Qu'est-ce que tu en penses, Jérôme ?

— Il y en a en gros pour mille cinq cents francs... Si tu leur mets une amende de deux mille balles, je crois qu'on est dans la norme...

Le scruteur de vidéos ramena les objets volés vers lui et les fit tomber dans le tiroir de son bureau.

— Vous avez entendu ? Deux mille francs et on n'en parle plus...

Novacek sortit une liasse de billets de deux cents francs de son portefeuille. Il les tendit au surveillant qui vérifia le compte.

— Si vous voulez, vous pouvez partir par la sortie du personnel, c'est plus discret...

Novacek prit ses courses, dans le caddie. Nathalie était restée devant le bureau.

— Qu'est-ce que vous attendez ?

— Il n'y a pas de reçu ?

Les deux hommes se mirent à rire et la poussèrent dehors.

Un escalier aux parois de béton, pisseux, menait aux parkings. Ils l'empruntèrent, le nez bouché, se retenant de respirer jusqu'à la suffocation. Un ascenseur permettait d'accéder à la face civilisée du centre commercial. Ils émergèrent à l'opposé de l'Euro-Market, près d'un camelot qui découpait un casque de moto en lamelles pour prouver que les performances de ses couteaux sud-coréens étaient imbattables. Des gens tendaient des billets de cent francs pour acquérir la collection complète, et Novacek se demanda s'il leur arrivait souvent de mettre du casque intégral au menu. Ils marchèrent jusqu'au *Salengro*. Trois adolescentes surmaquillées se chamaillaient autour du juke-box. L'une d'elles calma le jeu dès qu'elle vit Novacek entrer dans le café.

— Alors ?

— Alors c'est exactement comme vous me l'aviez dit, Malika... Ils m'ont extorqué deux mille francs pour étouffer l'affaire. J'étais avec Mlle Brehier... Elle est huissier de justice. Elle a tout enregistré.

— Qu'est-ce qu'il va se passer pour eux ?

Nathalie s'était assise pour remplir un formulaire et demander à Novacek d'y apposer sa signature.

— Je crois que ça va leur coûter très cher...

La plus petite des trois, Patricia, la fixa intensément. Sa voix traînante était un véritable passeport pour toutes les banlieues.

— On se fout du fric, il n'y a pas que ça dans la vie... Ils doivent subir comme on a subi... Pour les saletés qu'ils nous ont obligé à faire... Ce sont des dégueulasses...

Malika, soudain honteuse de se souvenir, tapa sur l'épaule de Patricia puis se tourna vers Novacek.

— Tais-toi s'il te plaît... Qu'est-ce qu'on doit faire maintenant ?

Novacek pointa le doigt vers Nathalie.

— Il faut que vous alliez voir les flics ensemble avant que ces deux salauds ne se soient débarrassés des billets... Tous les numéros sont notés là, sur le formulaire... Ils auront du mal à s'en sortir...

Malika l'approuva d'un mouvement de la tête.

— Vous ne venez pas avec nous ?

Il prit affectueusement la main de la jeune femme dans les siennes.

— Non... Ils m'aiment tellement au commissariat qu'ils sont capables de m'accuser de vol à l'étalage simplement pour avoir le plaisir de profiter de ma présence !

— On vous doit combien, pour tout ?

Novacek toussa en regardant le bout de ses chaussures.

— Vous me remboursez les deux mille francs, quand vous les aurez récupérés...

Il les salua et, avant de partir pour un périple qui devait le conduire à l'autre bout de Paris, il descendit aux toilettes. Un type larmoyant, bloqué dans la niche qui sert habituellement de cabine téléphonique, négociait sa réadmission au foyer conjugal. Il suffisait de ramasser deux phrases au passage pour être certain qu'il promettait plus qu'il ne pouvait tenir. Novacek s'installa devant l'urinoir et baissa la fermeture Éclair de son pantalon en levant les yeux au plafond. Son regard se stabilisa sur une inscription à moitié effacée : « La vie est une maladie sexuellement transmissible. » Il se dit qu'il n'avait pas tout à fait perdu son temps en venant faire ses courses à Euro-Market.

Sayonara

Il était un peu moins de midi quand la Volvo de Novacek commença la traversée du carrefour Stalingrad-Jaurès. L'une des voies de circulation était neutralisée pour permettre à un détachement d'ouvriers d'installer les échafaudages autour des piliers du métro aérien. Un panneau annonçait un programme de consolidation des structures métalliques. Ça tenait debout depuis près d'un siècle, sans encombre, mais ils choisissaient l'heure du déjeuner pour être sûrs de bloquer un maximum de pigeons... Novacek tua le temps en observant le manège des dealers de crack autour de la rotonde de Ledoux et sur l'esplanade qui longeait le bassin de la Villette. Il lui fallut près de vingt minutes pour franchir les cent derniers mètres. La récompense se présenta sous la forme d'une place en or juste devant la devanture de *Chez Cordier*. Il ouvrit la porte, ses sacs plastique au bout des bras, et s'arrêta net. Une cinquantaine de Japonais occupaient les chaises et les banquettes du vénérable troquet de quartier. Un type aussi sérieux qu'un prêtre bouddhiste magnétoscopait les mains de Louise occupées au rituel de la préparation des casse-croûte. Coupe longitudinale de la demi-baguette, enduit au beurre, pose du jambon et calage aux cornichons... Juste à côté, sur le coin du zinc, Fernand dosait en pastis un impressionnant alignement de verres à haut col. Novacek s'accouda devant lui.

— Qu'est-ce qu'il t'arrive ? Un mariage dans la famille...

— Arrête, François, t'es pas drôle... Il paraît qu'un type, au Japon, m'a signalé comme étant le bistrot parisien type...

— Tu devrais être content...

— Le problème c'est que c'est écrit dans un guide qui a été tiré à un million d'exemplaires... Une sorte de Gault et Milou du Soleil levant !

— Millau, pas Milou...

— C'est du pareil au même... Tu sais comment on dit « merci » en japonais ?

— Je crois que c'est « sayonara »... Sinon, quoi de neuf ?

— Pas grand-chose... Ah si au fait ! Il y a quelqu'un qui est venu pour toi il y a à peu près une heure... Une femme...

— Tu lui as demandé son nom ?

— Oui, mais elle n'a pas voulu le laisser. Elle a dit qu'elle repasserait en début d'après-midi.

— Sayonara, Fernand... Louise, je te dépose ça dans la cuisine...

— C'est quoi ?

— J'ai fait des courses... Du sucre, de la farine, de l'eau... Un peu de tout...

— Tu me diras combien je te dois...

— Deux cent mille. Tout rond.

— Tu parles en yens, je présume...

— Non, en chacal.

Novacek refit un crochet par la salle pour passer dans le couloir de l'immeuble. Il grimpa les marches à la volée, s'arrêta au premier, et tendit l'oreille vers la porte d'Alain. Les jeux de midi battaient leur plein : Lucien Jeunesse reposait sa question rouge sur Inter. « Qu'est-ce qu'un brigadier quand il ne s'agit pas d'un grade ? » Novacek reprit son ascension vers le deuxième et entra dans le studio qui lui servait de bureau. Il appuya sans même y réfléchir sur la touche de lecture du répondeur et vint se placer contre la fenêtre. Il ne se lassait pas du spectacle de la station aérienne et pouvait rester des heures, immobile contre la glace, à regarder le passage des métros sur les rails courbes qui s'enfonçaient en pente douce vers Colonel-Fabien.

— Bonjour. Vous êtes en communication avec le répondeur de François Novacek, détective privé. N'hésitez pas à laisser un message, j'interroge cet appareil régulièrement.

La bande magnétique livra trois maigres tonalités puis ce fut le silence suivi d'un vieux message de Nadège : « Salut, Marlowe, j'ai deux heures de coupure à midi, si tu veux... » Il mit fin à la lecture et se força à remettre de l'ordre dans les dossiers qu'il avait gardés de son passage dans le journalisme d'investigation, « Les sectes scientifiques », « Le solidarisme flamand », « La filière du sang noir, Haïti-Zaïre », « La tentation terroriste », « Rouges-bruns, la piste russe »... Il en ouvrit un et relut avec nostalgie l'accroche d'un de ses papiers :

TÊTE DE SKIN

par François Novacek

Récit d'une immersion de trois mois dans les milieux « skin » de la banlieue parisienne. Quand Rocker rime avec Hitler...

Il rangea la coupure de presse en entendant des claquements de talons dans l'escalier. La sonnette retentit. Deux coups brefs. Il tira la porte et dévisagea la femme en chapeau qui se tenait sur le palier. Elle était aussi crispée que tous ceux qui atterrissaient là et avait certainement autant envie d'entrer que de se foutre à l'eau.

— François Novacek ?

Il s'effaça pour la laisser entrer et lui montra le fauteuil face à la fenêtre. Il la reconnut quand elle ôta son chapeau et que sa chevelure rousse roula sur ses épaules. Son cœur se rappela à son bon souvenir.

— Nina ! Mais qu'est-ce que tu viens faire ici ?

Elle vint se blottir contre lui et posa sa tête sur sa poitrine.

— François, j'ai besoin de toi...

Elle se tut un instant et il comprit qu'elle pleurait. Il passa son bras sur ses épaules.

— Il faut absolument que tu m'aides...

— Si tu m'expliquais ce qu'il t'arrive, je pourrais peut-être te répondre...

Il l'avait connue quand il avait commencé à travailler à *Libération*. C'était une des « historiques » de la fabrication, une de celles qui caviardaient les textes des journalistes de « ndlc » rageurs. Elle tutoyait July lors de la conférence du matin, et se souvenait de toutes les couleuvres qu'il lui avait fallu avaler pour passer des tribunaux populaires de Bruay-en-Artois à la célébration de tous les nouveaux records de la Bourse. Quand l'informatique avait digéré son boulot, elle s'était résignée à une reconversion en iconographie, mais elle avait lâché en cours de route et disparu de la circulation.

— Qu'est-ce que tu es devenue depuis tout ce temps ?

— Je suis descendue dans le Sud, près du Ventoux. J'ai bossé pour une petite boîte de communication de Carpentras. Tu te rappelles, ça ne marchait jamais très bien avec les mecs...

— Raconte pas d'histoires...

— Je veux dire que ça ne durait jamais longtemps... Là-bas j'ai rencontré un type bien... Frédéric Doline. Il donnait un coup de main pour rédiger les textes... Dès qu'il avait un peu de temps devant lui, il écrivait des bouquins... On s'est mariés. J'ai une fille de trois ans... Océane...

— C'est pour elle que tu es là ?

— Non, pour lui... Il a disparu depuis un mois. En Tchécoslovaquie...

— Ça n'existe plus...

— En République tchèque... En ce moment nous devrions être tous les trois en Italie, à Rome, pour la sortie d'un de ses livres chez Berludetti...

Elle se remit à pleurer et chercha une contenance en fouillant dans son sac. Elle en sortit un livre à la couverture bleue barrée d'un bandeau rouge « Prix Lovecraft 1994 ».

— Tiens, c'est le dernier paru...

Elle planta une longue cigarette entre ses lèvres, la déplanta.

— Je peux ?

Novacek se contenta de soulever son paquet de Gauloises blondes. Il parcourut le résumé du bouquin.

— *Les Moissons du Diable*... J'ai lu quelques papiers là-dessus. Il était même question d'une adaptation cinéma... Ça n'a pas mal marché...

— Celui-là oui... Le succès est venu d'un coup, en trois mois. Les vingt livres précédents avaient été des bides... Il était tellement découragé qu'il a failli tout arrêter. C'est moi qui l'ai forcé à l'écrire... Regarde en page de garde, il m'est dédié...

— Tu ne penses pas qu'il a pris un peu de vacances... C'est assez courant chez les gens qui sont soumis à la pression.

— C'est ce que m'ont dit les flics...

— Excuse-moi... On fait un peu le même métier...

— Arrête tes conneries...

Elle écrasa sa cigarette dans le cendrier en forme de main ouverte et en alluma une autre immédiatement.

— Frédéric avait décidé d'aller en Tchécoslo... en République tchèque pour se documenter sur son prochain livre, repérer les décors. C'est bizarre pour un écrivain de science-fiction, mais il a toujours eu besoin de voir les lieux, de sentir les atmosphères, d'éprouver le climat...

— Tu sais s'il avait des ennemis... J'imagine que le succès doit servir de révélateur à pas mal de jalousies rentrées.

— Non, c'était trop neuf... Il est passé pour le dernier des ringards pendant près de vingt ans, et les envieux n'avaient pas encore eu le temps de se faire à la nouvelle situation. Ça commençait tout juste à tirer la langue et à baver. Sa première femme tournait autour de nous en espérant récolter des miettes de droits d'auteur. Elle est trop intéressée pour risquer de tuer la poule aux œufs d'or.

Novacek notait les renseignements sur un calepin à spirale.

— Il est allé où exactement ? à Prague ?

— Non. Il avait l'intention de passer par le nord du pays, jusqu'aux Carpates, et de rejoindre la capitale par la Moravie... J'ai ça, si ça peut t'être utile...

Elle fouillait dans son sac tout en parlant et posa une mini-cassette sur le bureau devant Novacek. Il la prit, traversa la pièce en l'examinant et vint la placer dans le compartiment messages de son répondeur téléphonique. Une voix bien posée sortit de l'appareil.

— Bonjour, ma petite puce... J'attends une minute pour voir si tu es là... Non... J'aurais préféré t'entendre plutôt que cette annonce sinistre... La bagnole roule à merveille, on dirait qu'elle est équipée d'un pilotage automatique. Je viens de passer Chemnitz, l'ancienne Karl-Marx-Stadt. Dans moins d'une heure je serai en Tchéquie. Je te rappelle. Embrasse la petite pour moi. Je t'aime.

Aucune des trois autres communications qui suivaient n'apportait le moindre élément susceptible d'expliquer la disparition de Frédéric Doline. Novacek récupéra la cassette.

— Je la garde, à tout hasard... Tu sais s'il avait des rendez-vous importants, des points de chute ? Il y a peut-être des choses sur un cahier, un agenda... Des adresses, des numéros de téléphone...

— C'est un fondu d'informatique. Avec lui, pas un papier qui traîne... Il mettait tout dans son Powerbook.

— Et il est où, le portable ?

— Il l'a pris avec lui...

— D'accord. J'imagine que tu as pris contact avec l'ambassade...

— Il y a huit jours, quand j'ai compris que les flics d'ici s'en tenaient à leur histoire de vacances-décompression et qu'ils ne bougeraient pas.

— Tu as parlé avec qui ?

— L'attaché culturel, Xavier Vintras. J'ai eu l'impression qu'il avait été briefé et qu'il attendait mon coup de fil. Il ne prend pas l'affaire au sérieux et croit lui aussi à une fugue temporaire... Il m'a cité le cas de plusieurs négociateurs commerciaux... Les Tchèques sont très belles, paraît-il... Tact et délicatesse...

— Ne prends pas ça à la lettre. J'en ai rencontré des dizaines d'attachés culturels. Quand ils ne travaillent pas en sous-main pour les services, c'est qu'ils sont trop imprégnés d'alcool pour retenir l'adresse de leur honorable correspondant...

— Tu veux bien m'aider, François ?

Novacek souleva le rideau pour regarder le croisement de deux métros au-dessus de la rotonde.

— Qu'est-ce que tu veux que je fasse de plus, Nina ? Je n'ai jamais mis les pieds là-bas... C'est tout juste si je me fais comprendre en anglais, alors le tchèque...

— Ta famille est pourtant de là-bas...

— Ma mère était française, et mon père s'est enfui de Tchécoslovaquie au tout début de 1953. Je suis né six ans plus tard... Il a eu envie d'y retourner en 1968, pendant le Printemps de Prague, mais il est mort quelques mois après l'invasion soviétique... J'étais tout gamin et il m'a fait promettre de ne jamais y aller.

Il n'imaginait même pas que le mur de Berlin pouvait s'effriter...

— Plus rien ne t'empêche d'y aller maintenant. Ils sont libres. Tu ne le trahiras pas... Tu es ma dernière chance.

Elle s'approcha du bureau pour dater et signer un chèque.

— Je te laisse mettre la somme dont tu as besoin pour commencer...

— Pourquoi tu fais ça ? Tu sais bien que ce n'est pas la peine entre nous...

— C'est pas seulement de l'ami que j'ai besoin, c'est aussi du détective privé. J'ai tout un dossier en bas, dans la voiture... Des photos, ses numéros de cartes de crédit... Tu viens les prendre...

Il se leva, la serra contre lui, les mains perdues dans sa chevelure rousse.

— Ne t'inquiète pas, on va arranger ça...

Walkin' on the Highway

Une averse surprit Novacek alors qu'il revenait vers le café des Cordier en feuilletant le dossier rassemblé par Nina Doline. Les touristes japonais se pressaient devant la portière de leur car à impériale. Il grimpa l'escalier au pas de charge et s'arrêta au premier étage. La porte était ouverte. Alain Cordier était bloqué devant l'un de ses nombreux ordinateurs, et il ne voyait que sa main manipulant la souris sur son tapis. Une imprimante laser crachait du papier imprimé dans une trieuse. Deux télés marchaient simultanément, son coupé, réglées sur des chaînes différentes. Le logo d'un serveur de jeux se composait sur l'écran du Minitel. Novacek s'approcha sans bruit et se pencha au-dessus de l'épaule d'Alain qui triturait une carte d'Europe en couleurs aux contours renforcés à la palette graphique. Les impulsions sur les touches faisaient avancer les nuages, gonflaient les anticyclones, réduisaient les dépressions. Trois ordres numériques eurent raison des précipitations neigeuses menaçant les Alpes entre Chamonix et Salzbourg. Deux autres amenèrent un soleil radieux sur l'ensemble du sous-continent.

— Tu joues à qui cette fois-ci ?

Alain peaufina le dispositif en rajoutant quelques nuages sur la Belgique.

— Au Bon Dieu... Tu sais sur quoi je suis tombé ?

— Sur la tête, et c'est pas une nouveauté...

Il se contenta de hausser les épaules.

— Le serveur de Météosat ! Il n'était même pas protégé, je suis rentré comme à la maison... Je suis en train de leur foutre un joyeux bordel... Regarde le bulletin de Gillot Pépédé ce soir sur la Une... Il va annoncer l'arrivée d'un été indien historique sur le pays... On va pouvoir passer Noël sur les plages de Normandie...

— Et tu prévois quel temps à Timişoara ?

Alain appuya sur la commande de son fauteuil électrique pour faire face à Novacek.

— Ça n'a pas l'air d'aller... Assieds-toi et prends un verre...

— Merci. Dès que tu en auras terminé avec le professeur Nimbus, j'aimerais que tu pianotes pour moi...

— C'est quand tu veux. Tu cours après quoi ?

Novacek se versa un fond d'Aberlour.

— Le mari d'une amie a disparu. La dernière fois qu'il a donné de ses nouvelles, il y a trois semaines, il se trouvait dans le nord de la Tchéquie... Il a téléphoné plusieurs fois, j'ai les enregistrements sur mon bureau, en haut...

— Quoi d'autre ?

— C'est à peu près tout... J'ai des photocopies de son passeport, de sa carte grise, les numéros de ses cartes de crédit...

Alain fit avancer son fauteuil pour se placer près de Novacek.

— Passe-moi tout ça. Je vais donner à manger aux machines. Je te téléphone dès que j'ai du nouveau. On devrait le suivre à la trace jusqu'à sa sortie d'Allemagne, mais je ne te promets rien après : impossible de se faufiler dans le réseau des flics tchèques, ils ont gardé l'ancien système en le modernisant...

Novacek rejoignit la rue de la Grange-aux-Belles. Des H.L.M. sans âme avaient remplacé les salles basses dans lesquelles tous les leaders des partis de gauche avaient tenu meeting au cours des soixante premières années du siècle. Depuis dix jours que le canal Saint-Martin était en chômage, une forte odeur de fraîchin, de vase, s'appesantissait sur le quartier, et les pêcheurs avaient déserté les quais, les anciens chemins de halage. On disait, dans les loges, que les pompiers de la Bitche avaient repêché un sac contenant une femme sous forme de puzzle, mais personne n'était présent au moment de la découverte. Novacek avait seulement assisté du balcon de la salle à manger au hissage d'une épave de moto et au ramassage de quelques appareils ménagers par des égoutiers en cuissardes. Il entra dans le hall vitré d'un immeuble du quai de Valmy. Dans la cabine qui le propulsa jusqu'au sixième étage, il eut juste le temps de lire, sous le panonceau réglementaire « En cas d'incendie ne pas utiliser l'ascenseur », un commentaire pelucheux tracé au feutre sur la moquette : « Utilisez plutôt l'extincteur. » Cinq personnes patientaient dans la salle d'attente en lisant les publications médicales que sa femme mettait à leur disposition. La porte du cabinet de consultations s'ouvrit. Le Dr Nadège Novacek raccompagna une vieille femme jusqu'au palier.

— Vous me dites sur l'ordonnance de prendre deux cachets avant chacun des trois repas... Ce n'est pas possible...

— Et pourquoi ça, madame Duflos ?

— Je ne fais que deux repas par jour... Le matin et le soir.

— Eh bien, le midi, faites-les passer à l'aide d'un verre d'eau...

Nadège fit signe à son prochain patient d'entrer dans son cabinet. Elle attendit d'être seule dans le couloir avec Novacek pour l'embrasser. La main du détective s'égara sous la blouse. Elle se dégagea.

— Eh, attention ! Auscultation de toubib dans l'exercice de ses fonctions... Ça peut aller chercher loin...

— On peut aller chercher ensemble, quand tu veux.

Il entra dans la chambre, se laissa tomber sur le lit, et demeura immobile un bon moment, les yeux clos. Le miaulement d'une sirène de police le tira de sa torpeur. Il allongea le bras vers la chaîne hi-fi, la mit sous tension, choisit un compact. Les sonorités zydeco de l'accordéon de Clifton Chenier emplirent la pièce. Novacek avait assisté à la dernière prestation parisienne du musicien cajun, au Palace, et les seules premières notes de *Walkin' on the Highway* avaient le pouvoir de le projeter quinze années en arrière, dans une époque où tout était simple, un mur séparant hermétiquement le Bien du Mal. Il fit glisser le tiroir ménagé sous le sommier pour y prendre une boîte carrée en métal blanc dont le couvercle portait en relief la marque Delacre. Il en déversa le contenu sur la couverture. Un carton bordé de noir surmontait la pile de papiers, de photos. « Jiri Novacek, décédé à Pantin le 25 novembre 1968. » Un cliché le représentait debout au milieu de la grande pelouse des Courtillières, entouré d'enfants. Un autre le montrait au bas des tribunes de l'Association sportive de la Police parisienne, emmitouflé dans un large manteau, encourageant l'équipe des minimes du club. Une écriture fine, au verso, indiquait que le match avait eu lieu en février 1957. François Novacek prit entre ses mains la plus grande des photos. Une douzaine d'hommes posaient, alignés sur deux rangs, le premier accroupi, le second debout. L'entraîneur tenait le ballon sous un bras et tout le monde affichait un sourire radieux. Les maillots maculés de terre disaient à l'évidence que la partie s'était jouée à l'avantage de leurs propriétaires. Il n'avait pas entendu Nadège. Elle vint s'asseoir sur le lit, se blottit contre son mari et observa la photo à son tour.

— Tu ne me l'as jamais montrée... C'est quoi ?

— L'équipe dans laquelle mon père jouait, au début des années 50. Il est là, au centre. Il faisait partie de l'attaque.

Elle se pencha.

— Qu'est-ce qu'il y a d'écrit au-dessus de la tribune ? C'est du tchèque ?

— Non, le tchèque s'écrit en caractères romains. Là, c'est du cyrillique. On m'a dit que ça voulait dire Dzerjinski...

— C'est quoi, une marque de vodka ?

— Tout n'est pas soluble dans l'alcool en Russie. C'est le fondateur de la Vetcheka et du Guépéou, les premières polices politiques bolcheviques... Il a donné son nom à une ville-champignon de la banlieue de Moscou... Ça doit être ça, la pancarte... L'équipe de mon père a sûrement joué là-bas, en déplacement.

Nadège tira un autre cliché de la liasse de documents.

— Tu avais quel âge ?

Novacek sourit en se revoyant en short, posant le pied sur le ballon, l'air arrogant, à côté d'un homme d'une bonne quarantaine d'années, le ventre proéminent, les traits mangés par l'ombre de sa visière de casquette.

— Quatorze ans.

— Tu étais mignon...

— D'habitude on me dit que je le suis resté... Je me débrouillais pas mal. Il s'en est fallu de peu que je ne sois embringué dans une filière sport-études... Ce qui m'a arrêté c'est qu'au bout, avec les chaussures à crampons, il y avait un uniforme de flic. Tu le reconnais ?

— Pourquoi, je devrais ?

— C'est Bob. Il était bénévole à l'A.S.P.P.

Elle sourit puis posa sa joue sur l'épaule de son mari.

— Comment ça se fait que tu regardes ces photos ?

— Je crois que je vais partir là-bas... En Tchéco...

— Tu as envie de retrouver ta famille ?

— Non, le mari d'une ancienne copine de *Libé*... Nina Trescoz, une claviste... J'ai dû déjà t'en parler. Son mec est écrivain. Il a pris la route pour un voyage de repérages le mois dernier, et il n'a plus jamais donné signe de vie. Elle m'a chargé de le retrouver.

— On ne s'évapore pas comme ça en Europe.

— Il faut croire que si... Il y a deux ans un marchand de tableaux parisien a disparu en plein centre de Moscou entre son hôtel et une galerie de peinture... On le cherche toujours.

— Un marchand de tableaux, ça peut se comprendre, mais ton écrivain, qu'est-ce qu'il avait à vendre ? Il était connu au moins... Il s'appelle comment ?

— Frédéric Doline. Il écrit de la S.-F.

— Jamais rien lu sur lui... Et tu t'en vas quand ?

— Demain matin de bonne heure, pour essayer d'être à Prague dans la soirée. Je dois passer voir Bob. On se retrouve chez lui ?

Le scopitone

Le vent d'est rabattait les effluves du canal sur le quartier Louis-Blanc. Novacek jeta un regard à la façade en trompe l'œil de l'*Hôtel du Nord*. Elle ressemblait parfaitement au décor qui jouait dans le film de Carné. Quelques homos qui n'avaient pas eu la patience d'attendre la pénombre sillonnaient les abords de Jaurès, et il préféra changer de trottoir pour ne pas les décevoir. Il fut un temps où il entrait d'instinct dans la petite librairie d'ancien située au coin de la place, près d'un vieux mur qu'on venait de mettre à bas et dans la lèpre duquel une main avait gravé trente ans plus tôt « Le fascisme ne passera pas ». Depuis quelques mois le libraire s'émancipait, garnissant sa vitrine de bouquins de Besson et d'A.D.G., de Brasillach et de Laborde, d'Hallier et de Drieu, de Rebatet, de Limonov. Un matin l'inscription réapparut, sur toute la surface de la vitre, jetant son ombre sur les bouquins exposés. Le commerçant eut beau l'effacer, elle bouchait son horizon dès le lendemain au lever du jour. Il finit par comprendre qu'un peu du Paris de toujours continuait de vivre. Il renoua avec l'éclectisme antérieur. La tentative lui avait fait perdre quelques clients, et Novacek était de ceux-là.

Il contourna la place Jean-Jaurès et se dirigea droit sur la salle de vente des particuliers. Robert Delsarte se tenait immobile devant sa boutique et son ventre masquait la moitié de la marchandise. Sans en avoir l'air il observait un couple de chalands et ne perdait pas un seul des mots qui s'échangeaient. L'homme s'inquiétait de la qualité, de l'authenticité des objets exposés. La femme était prise par la nostalgie ; la contemplation des formes rebondies d'un grille-pain du début des années 50 avait suffi à la faire retomber en enfance. Bob savait que c'était elle qu'il fallait attaquer. Il vit Novacek qui s'approchait et lui adressa un clin d'œil pour lui demander de se tenir à l'écart de la possible transaction. Le détective se mit à fouiller dans une valise remplie de vieilles revues de cinéma, et se plongea dans une interview d'Hitchcock donnée à *Image et Son*.

— *Comment se fait-il que* Les Oiseaux *soient si crédibles ?*

— *Parce que la production les a grassement payés...*

La femme pointa le doigt sur un poste de radio en acajou dont la partie supérieure émergeait d'un amoncellement de vaisselle dépareillée, de disques 78 tours dans leurs pochettes en kraft, et d'illustrés.

— Oh ! regarde, Hubert, ma grand-mère avait le même ! Je me rappelle, il y a un gros œil vert qui s'allume, en bas, et il varie d'intensité avec la qualité de la réception... Ça me faisait peur, la nuit, quand on écoutait...

Bob se glissa avec une agilité surprenante derrière le tréteau. Il souleva délicatement le récepteur, le posa sur un guéridon et introduisit la fiche dans une prise volante.

— C'est un Barthe de 1946. Il est en parfait état de marche... Voilà... Il faut attendre que les lampes chauffent...

L'homme s'avança pour l'examiner.

— Vous le vendez combien ?

— C'est devenu très rare. C'est pratiquement une pièce de musée... En plus celui-là a pendant un temps appartenu à Édith Piaf...

— Ça ne vous coûte rien de le dire ! Vous en vendez combien par jour, de radios d'Édith Piaf ?

— Vous avez raison, monsieur... Elle n'a pas vraiment appartenu à Édith Piaf, le terme était un peu fort... Cette radio était celle de l'*Hôtel des Tourelles*, sur les Maréchaux. C'est là que Marcel Cerdan la rejoignait, au début de leur liaison... Ils l'écoutaient ensemble. Je l'ai rachetée à la patronne quand ils ont détruit le bâtiment pour agrandir le siège des services secrets, boulevard Mortier...

Novacek se replongea dans l'interview du réalisateur des *Oiseaux* en vérifiant qu'il n'y a pas de meilleure manière de se sortir d'un mensonge éventé que d'en inventer un plus gros.

— *Selon vous, que se passe-t-il dans un film après le mot « Fin » ?*

— *Si c'est un happy end, il est possible que la jeune première se dégage du baiser fougueux du jeune premier et qu'elle lui dise « Je ne voudrais pas être désobligeante, cher ami, mais vous puez drôlement de la gueule ! ».*

Le couple de curieux repartit en emportant la radio de la môme Piaf. Novacek remit la revue dans la valise et traversa le hangar sur les traces de Bob. Ils passèrent entre les alignements de juke-boxes, de scopitone et entrèrent dans l'appartement aménagé à partir des bureaux de l'ancienne fabrique de ressorts. Odette était une adepte de la cuisine des mousquetaires. Elle ne manquait aucune des émissions télé de Maïté et prenait un immense plaisir à malaxer les aliments, à ébouillanter les crustacés, à autopsier la volaille. Pour passer une bonne soirée, il suffisait d'éviter de venir la saluer dans sa cuisine-laboratoire. Il fallait se contenter du rôle d'invité qui consistait à plonger le nez dans son assiette. Et là, c'était le bonheur assuré. Gratin dauphinois à l'ail frotté, bouillabaisse de poissons d'eau douce, pot-au-feu au pistou, poulet jaune farci au foie gras... Les deux hommes s'installèrent au bar en attendant l'arrivée de Nadège.

— Bob, il faut que je te dise... Je vais aller faire un tour en Tchéco...

Le flic à la retraite reconverti dans la brocante reposa son verre.

— Qu'est-ce que tu as, François ? C'est l'Œdipe qui te travaille...

— Je ne savais pas qu'on faisait des stages de divan dans la police française...

Bob lui passa le bras sur les épaules.

— Je suis sérieux, mon petit...

— Écoute, ça m'est tombé dessus cet après-midi... Une vieille copine m'a demandé de retrouver son mari qui ne donne plus de nouvelles depuis un mois... Il était parti se balader là-bas...

— Et tu as accepté...

— Oui. Pour elle... et pour moi...

Il plongea la main dans la poche intérieure de sa veste, et y prit le cliché de l'équipe de football qu'il fit glisser sur le bar.

— Est-ce qu'à l'époque mon père t'a parlé de cette photo ?

— Non... Il ne me l'a jamais montrée de son vivant. Il n'avait rien gardé de sa vie antérieure en Tchécoslovaquie. Et c'est comme s'il avait réussi à effacer ses souvenirs... Je l'ai trouvée dans tes affaires quand tu es venu vivre ici, avec Odette et moi, après la mort de ta mère, en 1970... Tout ce que je sais, c'est que Jiri est là, au milieu, avec le ballon...

Il tira un des tiroirs de la table pour prendre un compte-fils qu'il posa sur le bromure. Novacek se pencha pour en examiner chaque détail, les inscriptions sur les maillots des joueurs, les visages austères des rares spectateurs, dans les tribunes grises, le nom en cyrillique sur la banderole, le portrait de Staline pendu au-dessus du panneau de score qui marquait un à zéro.

— Ce que je me demande, c'est pourquoi il a gardé cette seule photo, et qu'il a fait en sorte que personne ne la voie. Il doit bien y avoir une raison, tu ne crois pas ?

— Je vais te dire une chose, François. Jiri était le meilleur entraîneur que nous ayons touché à l'A.S.P.P. De très loin... Il était né avec un ballon au pied. Je pense qu'il a voulu garder un témoignage du temps où ce n'était pas les autres qui couraient sur la pelouse...

Bob approcha la photo de son visage.

— C'est incroyable comme tu lui ressembles... Tu étais un bon, toi aussi... Si tu n'avais pas raccroché les crampons pour faire le journaliste, les Papin, Cantona et Ginola pourraient aller se rhabiller. Tu étais le plus doué de tous les mômes que j'ai formés, aux Courtillières...

— Arrête de rêver, c'est du passé. Je n'ai pas continué parce que je pensais que ce n'était pas très sain, pour un mec, de porter le short trop longtemps... Sinon, c'est bien vrai que tu n'as jamais rencontré aucun de ses amis de là-bas ?

— Je te l'ai déjà dit... Je ne vois pas pourquoi je te raconterais des bobards. Je me souviens seulement que ça lui est arrivé une fois ou deux de téléphoner à Prague, du club...

— À qui ?

— J'étais flic, d'accord, mais je ne travaillais pas au service des Grandes Oreilles... On a sa dignité... Ne va pas là-bas, François, ça ne sert à rien. Il faudra bien que tu admettes que ton père est né seulement cinq ou six ans avant que tu ne viennes au monde ; le jour où il est arrivé ici, en France...

Ils passèrent à table un quart d'heure plus tard, et le bruit des fourchettes parvint jusqu'aux oreilles de Nadège qui entra alors qu'ils faisaient un sort aux sardines à la catalane préparées par Odette. Personne n'aborda le sujet épineux du voyage de Novacek : la frontière n'est jamais bien étanche entre le repas de famille et la tragédie. Après dîner Bob traîna tout son monde jusqu'au bureau directorial de l'ex-entreprise de ressorts dont il avait fait son atelier de bricolage. Il ouvrit le carter arrière d'un impressionnant scopitone de couleur crème, et enclencha une petite bobine de film 16 mm dans le système complexe de pignons, de roues dentées, de cames et de clapets qui emplissait le ventre de l'appareil. Avant d'éteindre la lumière, il sélectionna avec précaution l'une des pièces de un franc pêchées dans sa poche de pantalon.

— Il vaut mieux mettre des pièces fabriquées entre

1960 et 1964, elles ont le poids idéal... Les autres, il n'y a pas assez de nickel et ça coince le mécanisme...

La Semeuse disparut dans la fente du scopitone. Bob enfonça l'une des touches, et le petit écran bombé fut strié d'éclairs lumineux qui animèrent les murs de la pièce plongée dans le noir. Une musique orientale satura les amplis tandis qu'une caméra encore plus nauséeuse que celle de Claude Lelouch allait chercher le visage de Bob Azam au milieu d'une foule de gens invités à un cocktail.

> *J'ai une jolie femme dont je suis épris*
> *Mais voilà le drame elle se lève la nuit*
> *Sortant de la chambre à moitié vêtue...*

Bob se mit à taper dans ses mains en cadence.

— Ça faisait au moins dix ans que je le cherchais, ce truc... Ça a été un tube gigantesque au début des années 60...

Il commençait à entonner le refrain en duo avec son homonyme quand un couinement s'éleva de l'intérieur du scopitone.

> *Fais-moi du couscous chéri*
> *Fais-moi du couscous*
> *Fais-moi du cou ou ou ou...*

Odette se leva la première et, sans bruit, quitta la projection, suivie de ses deux invités.

Une faible lumière éclairait la salle du café. Fernand Cordier cessa d'empiler les chaises sur les tables et il vint remettre le bec-de-cane sur la serrure pour ouvrir à Nadège et Novacek. Ils marchèrent sur le carrelage recouvert de sciure.

— Tu viens travailler ?

— Non, j'ai besoin de voir quelque chose avec Alain. Il ne dort pas ?

— Tu rigoles ! Il est branché sur ses paraboles... Essuyez-vous les pieds avant de grimper, sinon vous allez en mettre partout dans les escaliers.

Alain leur ouvrit et il fila d'un trait de fauteuil électrique vers une table qui supportait trois ordinateurs montés en série. L'écran du premier alignait les quarante-neuf boules du loto, le deuxième n'en conservait que les chiffres en plusieurs exemplaires tandis que le troisième était rempli de calculs, fractions, racines carrées, multiplications de fractions. Nadège se pencha pour l'embrasser.

— Tu t'es fait embaucher par la Française des Jeux ?

— Non... J'ai toujours été intrigué par le fait que le numéro 49 sort à une fréquence de trois pour cent, alors qu'il devrait en toute logique se contenter d'un petit deux pour cent...

— Comment tu peux savoir ça ?

— J'ai rentré tous les tirages depuis le début du loto... Je dispose de toutes les statistiques.

— Et qu'est-ce que tu en as déduit ?

Son visage s'illumina.

— Qu'il devait bien y avoir une explication ! On ne bidouille ni les maths ni le hasard. Ce sont les seules choses stables dans ce bas monde.

— Et bien sûr, tu l'as trouvée, l'explication...

— Je crois bien... Toutes les boules sont fabriquées

rigoureusement de la même manière. Des jumelles parfaites. La seule chose qui les différencie, c'est le numéro inscrit dessus... Le problème auquel ils n'ont pas pensé, c'est que tous les numéros n'ont pas le même poids...

— Comment ça ?

— On n'utilise pas la même quantité de peinture pour marquer le chiffre un et le chiffre dix... Ça se joue au micron, mais c'est suffisant pour fausser le jeu d'une manière infinitésimale...

Novacek pointa le doigt sur l'écran bourré de formules mathématiques.

— Dès que tu as compris ça, ce n'est plus la peine de t'emmerder. On coche les derniers numéros de la grille, et on va encaisser...

Alain pianota sur le deuxième ordinateur, et les marquages aplanis des boules 41 et 29 apparurent agrandis.

— C'est le raisonnement d'un esprit simple ! Regarde... On utilise davantage de peinture pour le 29 que pour le 41... J'ai déterminé la liste des dix numéros les plus lourds... La cagnotte n'a qu'à bien se tenir.

— En attendant que tu vives de tes rentes, tu as pu jeter un œil sur les papiers de Frédéric Doline ?

Il manœuvra les commandes de son fauteuil pour venir se placer devant un computer muni d'un scanner.

— J'ai fait tous les fichiers dont j'ai la clef. Rien sur les cartes grises, rien sur le système Safari de la gendarmerie, rien aux impôts, rien aux renseignements généraux. Inconnu au bataillon. Ton Doline est aussi propre qu'un ministre le jour de son investiture...

— Trop propre pour être honnête, c'est bien ce que tu veux dire...

— C'est seulement une impression, mais on dirait qu'il a balayé avant de partir... J'ai eu plus de chance avec les cartes de crédit... Incroyable comme c'est bavard, ces petits bouts de plastique. Les gens ne se méfient pas des puces électroniques, et pourtant c'est le meilleur moyen de les fliquer. Ils payent pour les avoir et on peut les suivre à la trace... Tu achètes des fleurs à ta maîtresse, et à la fin du mois, en lisant les relevés, ta femme peut savoir le lieu et l'heure du rendez-vous !

— Qu'est-ce que tu as trouvé ?

— J'ai réussi à me glisser dans le serveur central.

Il pianota sur le clavier et une carte d'Europe s'afficha.

— Chaque fois que Doline a sorti sa carte pour payer, le système a contrôlé et enregistré les paramètres. Lieu, date, heure, produit, montant... Les points rouges correspondent à ses haltes. Metz, Francfort, Zwickau, Chemnitz... La carte a été utilisée pour la dernière fois dans une auberge de Nova Paka, en République tchèque. Ça se trouve pas très loin de Hradec Karlove...

— C'était quand ?

— Le 3 novembre... Le seul problème, c'est que rien ne prouve que ce soit lui qui ait utilisé la carte... On la lui a peut-être tirée...

— C'est bien toi, ça ! Tu m'invites, et dès que je me mets à table, tu enlèves le plat ! Rien d'autre ?

— Non... Je n'ai pas pu m'empêcher de laisser traîner mon regard sur son compte en banque... Le fric tombait dru depuis trois mois. N'hésite pas à te faire payer, sa femme est à l'abri du besoin...

Dernier distributeur
de Coca-Cola

Il fut réveillé par le raclement de la pelleteuse dans le lit du canal. Nadège se retourna en gémissant. Il embrassa son épaule nue et partit en silence se préparer dans la salle de séjour. Il boucla son sac de voyage en écoutant Culture-Matin. Un linguiste dont le ton donnait l'adresse, Neuilly-Auteuil-Passy, rendait compte de son travail sur l'art de la métaphore dans l'œuvre de Pierre Perret.

— Il est fort rare, en effet, que ce mot polysémique « patates » soit utilisé dans cette acception : « Il avait les patates au fond du filet. »

— Vous pouvez traduire ? Tous nos auditeurs ne sont pas des familiers de Pierre Perret...

— Globalement cela veut dire « Il avait peur »...

— D'accord, mais le filet, les patates...

— Je me bornerai à préciser qu'en l'occurrence le filet signifie slip... Je vous laisse imaginer le reste...

Novacek quitta l'appartement sans prendre le téléphone cellulaire dont Alain avait voulu l'affubler. Il faisait encore nuit, mais les radeuses de la préfecture de police étaient déjà en action. Elles garnissaient les pare-brise des voitures des seuls papillons encore visibles à Paris. Il enfourna son sac dans le coffre de la Volvo et fila sur les quais pour rejoindre le périphérique. Le balisage rouge et bleu des folies du parc de la Villette vibrait dans la brume. Il prit sagement sa place dans le long serpent articulé qui faisait le tour de la capitale sur huit files, et sortit par l'échangeur de Bercy. En contrebas les quelques rues du village des négociants en vins qui avaient résisté à la première vague d'expropriation, lors de la construction du Palais omnisports, étaient en passe d'être englouties par les promoteurs. Le verre fumé des sièges sociaux remplaçait les murs de barriques. Passé la Marne, la circulation devenait plus fluide. Il recula le siège, allongea les jambes et enclencha une cassette. La voix chaude de Dee Dee Bridgewater monta des amplis.

C'est une île au milieu de la nuit
C'est une fille qui vient là par ennui
C'est un piano qui joue sans faire de bruit
C'est toi, c'est moi, tirés tout droit d'une série noire
Plantés là comme un privé oublié, sans histoire.

Dans les villes la nuit, dans les villes la nuit,
C'est chaud, c'est triste, ça sue la vie.

Il traversa les plaines de l'Est, l'aiguille du compteur bloquée sur cent quarante par le régulateur de vitesse. La pluie incessante des quatre derniers mois avait détrempé le paysage. Les rivières engloutissaient les prés, l'eau stagnait au creux des sillons, à perte de vue, tout semblait spongieux.

C'est un pays en plus petit
C'est la solitude qui se cherche un ami
Un barman qui t'appelle par ton nom
Qui te fait crédit
C'est une femme à qui l'on dit oui
C'est toi, c'est moi un soir accoudés au comptoir
À la recherche d'une histoire pour sortir du noir.

Dans les villes la nuit, dans les villes la nuit
C'est chaud, c'est triste, ça sent la vie.

Novacek passa la frontière à Œstreicher, traversa le Rhin et s'arrêta dans une auberge d'autoroute envahie par les routiers d'un convoi humanitaire en partance pour la Bosnie. Il ingurgita un pavé de porc accompagné de pommes-salade en lisant quelques passages d'un des livres de Doline déniché dans la brocante de Bob avant de partir. Le mari de Nina ne faisait pas dans la dentelle : avant de décrocher le succès avec *Les Moissons du Diable*, il avait écrit *Un week-end en enfer*, *Les Apôtres entrent en scène*, *Le Prince des chimères*... Celui que Novacek avait posé à droite de son assiette s'intitulait *Les Oiseaux du Destin*, et racontait l'histoire d'un vampire errant dans les rues d'une mégalopole américaine après une guerre atomique. Comme tous les romanciers qui écrivent vite, Doline essayait de soigner ses débuts de chapitre.

J'ai toujours su qu'un jour, dans une ville, je rencontrerais une femme belle et nue. Sa silhouette était comme gravée derrière mes paupières, et il suffisait que je ferme les yeux pour qu'elle hante ma nuit...

Novacek fila à travers l'Allemagne, se fixant pour objectif d'atteindre avant minuit la ligne noire qui coupait le pays en deux et qui figurait encore sur sa carte.

Fais gaffe aux habitués qui te talonnent
Dans les bars de nuit de Barcelone
Évite les poupées perverses
Dans les vitrines du port d'Anvers
Le flic du coin rêve qu'il t'alpague
Alors que tu marches heureux dans Prague
À toi de trouver ton chemin
Dans le dédale des deux Berlin
Partout c'est une nouvelle donne
À Paris comme à Lisbonne

Dans les villes la nuit, dans les villes la nuit
C'est chaud, c'est triste, c'est ça ta vie.

Novacek éjecta la cassette. Il lui était impossible de dormir dans les motels. Il quitta l'autoroute après le no man's land parsemé de casemates graffitées, de miradors à l'abandon. Près d'une carcasse d'armoire métallique rouge et blanc, une inscription écaillée : « Dernier distributeur de Coca-Cola avant Tokyo. » Bientôt le faisceau des phares de la Volvo balaya les routes pavées de la Thuringe. Il s'arrêta au centre d'Eisenach. Deux jeunes types à mobylette faisaient la course sur la place déserte de l'hôtel de ville. Le double vitrage l'isola des pétarades. Le lit était trop petit, et il eut du mal à s'endormir, les pieds hors de la couette. Ce n'est que le lendemain matin qu'il découvrit la ville, froide et grise, enveloppée dans ses fumées de lignite, de tourbe. Sur les vingt kilomètres précédant la frontière il dut slalomer entre les camions immobiles, véritables icebergs des routes, garés là où la fatigue avait surpris le conducteur. La première chose qu'il vit en Tchéquie, après le sourire du douanier, ce fut un Duty Free Shop au fronton duquel claquait le drapeau de la jeune république. Il acheta une carte téléphonique puis entra dans une cabine. La secrétaire de l'ambassade lui fixa un rendez-vous pour le soir même.

Mitteleuropa

Il se gara en haut de la place Wenceslas, face à un magasin de cristaux. Des touristes photographiaient à tour de rôle leur compagne ou leur compagnon devant le mémorial Jan Palach en prenant soin de cadrer la statue de Vaclav et la façade austère du musée. Plus bas un type massif déguisé en chauffeur de maître cherchait au milieu de la foule les provinciaux qui s'offraient leur virée annuelle dans la capitale. Il les tirait vers une limousine Lincoln immaculée et leur proposait de vivre une heure de l'existence d'un milliardaire pour quelques centaines de couronnes. De très jeunes policiers flottant dans leurs uniformes mal coupés stationnaient en formations binaires devant les innombrables kiosques bancaires. Le regard de Novacek fut attiré par une banderole rouge et noir qui avançait rapidement au-dessus des têtes. Il plissa les yeux pour lire le slogan, *Kiss FM, 102.8...* Accompagnant les porteurs de pancartes, deux jolies filles tout en cuisses, montées sur des patins à roulettes, distribuaient les prospectus de la station. Plus loin un camion déversait son charbon en vrac dans une trappe soulevée au milieu du trottoir. Tout lui semblait à la fois curieux et habituel, un mélange léger d'hier et d'avenir. Au cours de tous ses voyages, il n'avait ressenti cet équilibre fragile qu'une seule fois. C'était à Lisbonne, une autre ville décalée dans le temps.

Il poussa la porte vitrée de l'hôtel *Europa* et laissa son bagage à l'accueil après avoir retenu une chambre dont les fenêtres donnaient sur la place. Il s'engagea dans le sas pour accéder à la salle du café. Aucune des petites tables rondes n'était libre. Des serveurs en noir et blanc virevoltaient entre les chaises. Dans un coin trois musiciens enveloppaient les conversations dans une évocation tsigane. On ne savait si les clients grimaçaient à cause de l'amertume du café turc ou si leurs sens étaient agacés par les accords déchirés du violon. Il promena son regard sur l'assistance et finit par remarquer, près de la vitre, un homme seul attablé devant un verre de vin jaune. Le journal posé près de la soucoupe était plié de telle manière que le titre en était parfaitement visible, *Le Figaro*. Novacek passa sous la verrière et s'arrêta devant le consommateur solitaire.

— Je suis à la recherche de M. Xavier Vintras...

— Vous l'avez trouvé...

L'homme, la cinquantaine fatiguée, l'invita à s'asseoir, et lui conseilla de boire la même chose que lui, un vin de paille de Hongrie dont il ne restait que quelques bouteilles dans les caves de l'hôtel. Il resta silencieux tout le temps qu'une fille éblouissante mit à traverser la salle jusqu'au vestiaire.

— C'est comme ça que je les préfère, hanchées et sans os...

Il s'accorda une longue gorgée de vin pour ne pas penser qu'elle lui était inaccessible.

— Vous êtes arrivé depuis longtemps à Prague ?

— À peine une heure...

Il souleva le menton en direction de la fille qui sortait.

— Vous avez vu ses jambes ?

— Difficile de faire autrement, on dirait qu'elle s'en sert de bande-annonce...

Vintras laissa échapper un ricanement, et se tourna vers le décor du café *Europa*, les serveurs, les clients.

— Ce pays est vraiment curieux... Tous les autres pays de l'Est ont été changés de fond en comble par quarante, cinquante ou soixante années de communisme... Ici, c'est comme si le temps s'était immobilisé. Les gens ont suspendu leurs gestes, et aujourd'hui ils les retrouvent naturellement... Quelquefois j'ai l'impression de vivre un rôle de consul dans un film, dans une reconstitution. Vous ne trouvez pas qu'on se croirait dans la Mitteleuropa de 1939 ?

Novacek dépiauta un petit carré de chocolat noir posé dans une soucoupe.

— Ça ne me déplairait pas si vous pouviez pousser jusqu'en 1945...

— Moi aussi, monsieur Novacek, mais c'est impossible. Les hommes se sont aperçus qu'ils étaient maîtres de la géographie : en 45, ici, c'est devenu l'Est.

Il alluma une cigarette russe, dont il écrasa sous ses dents le bout cartonné.

— Je ne pensais pas que vous viendriez jusqu'ici pour rechercher ce Frédéric Doline... Nous ne savons pas grand-chose sur sa disparition, son évaporation... Le dossier que j'ai à ma disposition se résume à la correspondance que j'ai entretenue avec les autorités tchèques et slovaques.

— Vous avez bien échafaudé une ou deux hypothèses... Ça ne doit pas être très fréquent qu'un Français « s'évapore », comme vous dites.

Le regard de Vintras s'était perdu une nouvelle fois sur les formes ondulées d'une blonde.

— On ne les voyait pas, avant... Elles avaient l'art de se rendre invisibles, de se fondre dans la masse... Maintenant il ne se passe pas un jour sans que s'ouvre une boutique Guerlain, Dior, Saint-Laurent... Les Mercedes se vendent comme des saucisses... Il y a moins d'un mois on a inauguré le premier club pour milliardaires, le Golem... Ça veut dire qu'il existe une clientèle... Dans cette salle il y a obligatoirement, je veux dire statistiquement, des gens qui ont fait fortune en quelques jours, des apparatchiks reconvertis aux vertus du marché, des mafieux qui connaissent bien les rouages de la machine... Les interlocuteurs des autorités tchèques semblent croire que Frédéric Doline a été mêlé à un trafic quelconque...

— Quel genre de trafic ?

— Tout trouve acquéreur, et des groupes de Polonais, d'Ukrainiens, ratissent le pays... On n'a jamais retrouvé sa voiture, par exemple, et une Safrane arrive à se vendre trois fois son prix dans l'ex-Union soviétique... L'équivalent de cinquante millions... La somme peut vous faire tourner la tête.

— J'ai eu accès à son compte en banque, Doline gagnait un fric fou ces derniers mois. Je ne vois pas pourquoi il aurait joué au trafiquant de bagnole... Si les Tchèques partent sur cette piste, vous pouvez leur dire qu'ils n'arriveront à rien.

Le conseiller culturel asséscha son verre.

— Ils ont du mal à tout contrôler... Le pays a été

profondément désorganisé par la partition, et avant ça par le nettoyage des ministères, des services de police. Sans compter que dans le même temps les frontières se sont ouvertes pour les hommes comme pour les marchandises... Nos interlocuteurs pensent sincèrement que Doline a essayé de faire le malin et qu'il l'a payé de sa vie... Pour ne pas altérer les relations avec la France, ils nous répondent que notre ressortissant est très probablement passé en Pologne...

— Vous avez certainement votre idée sur la question, non ?

— Il suffit de prendre un verre n'importe où pour s'apercevoir que la principale richesse de ce pays, ce sont les belles filles. Pour elles un étranger c'est l'espoir de partir à l'Ouest dans de bonnes conditions. Ça ne m'étonnerait pas qu'il file le parfait amour avec une miss Prague, et qu'on le voie réapparaître quand l'histoire sera parvenue à son terme... Vous savez ce que disait Oscar Wilde ?

Novacek haussa les épaules.

— Non...

— Je résiste à tout, sauf à la tentation...

Vintras regarda sa montre, posa deux billets de cent couronnes sur la soucoupe et se leva.

— Je dois retourner à l'ambassade. Vous avez mes coordonnées, tenez-moi au courant de votre enquête...

Novacek serra la main qui se tendait. Quelques années auparavant alors qu'il effectuait un reportage dans les milieux de l'extrême gauche italienne, un ambassadeur de France s'était dit intéressé par toutes les informations que le journaliste ne pouvait pas insérer dans ses papiers pour *Libération*. Novacek avait été tellement surpris par la franchise de la proposition qu'il s'était contenté de bafouiller un refus poli. De retour à Paris il s'en était ouvert à des confrères qui lui avaient avoué fournir des renseignements sans importance contre les facilités qu'offraient les services consulaires... Depuis il tirait tout ce qu'il pouvait des services diplomatiques sans jamais rien donner à la France, en retour.

Couronnes tchèques

Le vin lui avait légèrement tourné la tête, et Novacek commanda un assortiment de jambons fumés qu'il mangea en observant les clients du café *Europa*. Il effaça les fatigues du voyage en se promenant lentement aux alentours de la place Wenceslas. Près des murs sans grâce de Notre-Dame-des-Neiges une équipe de la télévision allemande filmait quatre beatniks en état de parfaite conservation : barbes et cheveux taillés à la va-comme-je-te-pousse, jeans élimés, babioles pacifistes, mocassins clarks avachis, bracelets de cuir... Le guitariste parvenait à ne pas manquer plus d'un accord sur deux, tandis que le chanteur essayait d'imiter l'accent de John Wayne dans *Fort Alamo*. Le troisième agitait un tambourin aux armes de Malaga, décoré d'une danseuse flamenca. Le dernier faisait passer une sébile devant le nez des spectateurs. Un survivant attentif de l'époque aurait pu reconnaître le standard de Donovan, avant sa déconstruction salutaire par les Animals : *I buy you a Ford Mustang...*

Novacek pénétra dans un passage aux murs verts violemment éclairés par des néons blafards. Des centaines d'annonces immobilières étaient punaisées sur des panneaux de bois. Après quarante années de privatisation collective, on nationalisait Prague pour l'individu. Il déboucha dans un vaste jardin carré flanqué de deux restaurants. La terre était recouverte de feuilles mortes, et des centaines de chaises pliantes entassées et retenues par des chaînes bardées de cadenas attendaient les beaux jours pour garnir les terrasses. Novacek prit à gauche, sous une tonnelle en fer forgé. Un grand type engoncé dans une canadienne au cuir rigide l'aborda alors qu'il posait le pied sur le pavage de la rue Narodni.

— *Sprechen Sie deutsch ?*
— *Ein wenig... Ich bin Franzose...*
Le visage de son interlocuteur s'agrémenta d'un large sourire.

— Couronnes tchèques ?
Novacek déclina la proposition et s'apprêtait à dépasser le changeur sauvage quand celui-ci le retint par l'épaule. Il sortit une impressionnante liasse de sa poche.

— Avec moi, c'est le double de la banque...
Novacek se laissa tenter. Il tendit une coupure de cinq cents francs, et reçut en échange un rouleau de billets tenus par un élastique. Il compta rapidement, pour la forme, et enfourna sa fortune dans sa poche de pantalon.

— Besoin de rien d'autre ? Appareil photo, montre, bijoux... J'ai tout ce qu'il faut sur moi...
Novacek accéléra le pas sans se retourner jusqu'à ce que le type se décourage. Un jour, alors qu'il remontait le boulevard Sébastopol en direction de la gare de l'Est, il avait été abordé par un gars qui faisait

la manche de curieuse façon. Au lieu de tendre la main, il avait accompagné Novacek sur près d'un kilomètre en lui racontant son histoire.

— Je suis de Bordeaux et je suis arrivé avant-hier à Paris... Je dois descendre sur Belfort rejoindre ma femme et ma gamine. Il y a un boulot qui m'attend... Enfin pas un vrai boulot, un stage... Mais tu sais, au bout de trois ans de galère, même un stage, tu prends...

La conversation avait duré jusqu'à Strasbourg-Saint-Denis. Le futur stagiaire s'était fait plus direct en passant devant le McDonald.

— J'ai toutes mes fringues dans un casier automatique... Dès que j'ai assez de fric pour me payer le billet pour Belfort, adieu Paris...

Novacek avait fouillé dans ses poches et sorti les deux pièces de dix francs qui s'y battaient en duel. Le type avait failli s'étrangler en découvrant la somme au creux de sa paume.

— Hé, tu plaisantes ou quoi ? Qu'est-ce que tu veux que je fasse avec vingt balles ? Il m'en faut dix fois plus pour le trajet...

Novacek s'était senti ballotté entre la colère et le rire.

— Désolé, mais je n'ai que ça sur moi... Trouves-en une dizaine dans mon genre, et tu es bon pour le voyage...

Le gars, irrité de voir son travail d'accompagnement payé aussi chichement, devenait menaçant.

— Tu as sûrement une carte bleue ? Il y a un distributeur là-bas...

Il s'était éclipsé en voyant les deux flics en patrouille dans la rue Blondel venir vers eux.

La nuit était tombée d'un coup sur la ville, et la brume auréolait la lumière des candélabres. Quelques filles avaient pris position aux abords des hôtels. Elles discutaient entre elles, élevant la voix pour couvrir la rumeur de la circulation. Les clients attendaient patiemment la fin de l'échange en tirant sur leur cigarette. L'offre s'adaptait à la demande puis les couples disparaissaient dans les cours assombries de la place Wenceslas protégées des curieux par d'imposantes grilles. À peine était-il arrivé dans sa chambre de l'hôtel *Europa* que le téléphone se mit à sonner.

— *Dobry den, pane* Novacek...

— Bravo Alain...

— Qu'est-ce que tu en dis ?

— Question paroles ça va. Il ne te reste plus qu'à apprendre la mélodie.

— Merci pour les encouragements... Tout va comme tu veux ?

Novacek vint s'asseoir dans le fauteuil posé près de la fenêtre. Les lettres géantes de Toshiba plantées sur le toit de l'immeuble situé en vis-à-vis éclaboussaient les façades de bleu.

— J'ai fait du chemin, mais je n'ai pas avancé d'un pouce... Et toi, tu as du nouveau ?

— Peut-être... J'ai vu Bob tout à l'heure. Il a réussi à savoir que les vitres, le moteur et le châssis de la voiture de Doline étaient tatoués. En plus elle était piégée électroniquement par le service antivol Back-Star... En clair il suffit qu'un morceau de la Safrane passe dans un des couloirs de contrôle du réseau pour que la centrale de surveillance soit alertée...

Novacek tira une Gauloise blonde du paquet, la

cinquième de la journée, et la coinça entre ses lèvres sans l'allumer.

— Il a pu voir les mouvements au cours des dernières semaines ?

— Oui. Back-Star a équipé deux cents points stratégiques en République tchèque... Toutes les filières en direction de la Pologne, de l'ex-Yougoslavie et de la Russie. Aucune trace de la Safrane... Bob m'a dit qu'on le préviendra immédiatement si jamais cela s'agite.

— Il n'y a plus qu'à attendre... Et toi, de ton côté ?

— Ta cliente, Nina Doline, a feuilleté tous les vieux agendas de son écrivain de mari. Il notait à peu près tout ce qui concernait ses livres en cours, la doc à trouver, les gens à contacter, les films à voir. Elle m'a faxé les pages de février 89. Il était sur le point de terminer *La Tempête de feu*...

— C'est quoi ?

— Un bouquin de « real-fiction ». L'histoire d'un type qui déraille et qui enferme sa famille dans la cave de sa maison de campagne, persuadé que la guerre atomique va éclater... Ils meurent les uns après les autres, et ce sont les seules victimes du conflit... On les découvre dix ans plus tard au moment de la construction d'une ligne de T.G.V... Il a dressé la liste complète de ce que consommait une famille de quatre personnes pendant un an... Il y a une bibliographie complète sur la protection antiatomique... Tous les rapports de la Zivilschutz suisse sont référencés.

— Passionnant ! Et tu sais pourquoi elle t'a envoyé ce délire ?

— Tu me connais, je garde toujours le meilleur

pour la fin... En date du 3 février 89 Frédéric a écrit en marge de la feuille de son agenda Tel atem... Le 4, la mention est reportée, et le 5 le message est beaucoup plus clair...

— Je t'écoute.

Alain Cordier se mit à épeler les lettres en spécifiant ce qui était tracé en majuscules ou en minuscules.

— A.s.s. T.c.h. E.c.r. M.y.s...

— Et avec le décodeur, ça donne quoi ?

— C'est assez évident quand on l'a sous les yeux... Association Tchécoslovaque des Écrivains de Mystère...

Novacek prit son calepin pour y noter l'information.

— Tu as le numéro de téléphone ?

— Je ne suis pas le père Noël ! Nina Doline a fait des recherches dans les carnets d'adresses de son mari, mais elle n'a rien trouvé concernant cette association. Il n'y a pas la moindre info non plus dans mes fichiers...

Plus tard Novacek essaya d'appeler Nadège, mais la machine à voix humaine s'interposait chaque fois. « Vous êtes bien au cabinet du Dr Novacek... » Il finit par dire sagement son amour au répondeur, après le bip sonore.

Les mots manquants

Novacek ouvrit les tiroirs des chevets, de la commode, et finit par trouver l'annuaire téléphonique de Prague dans l'armoire, sous les oreillers de secours. Il commanda un repas froid, et profita de la présence du serveur dans la chambre pour lui demander de traduire « Association tchécoslovaque des écrivains de mystère » en tchèque. L'annuaire, trop récent, n'en gardait aucune trace. Le lendemain matin il se rendit à la poste principale, rue Jindrinsska. Des dizaines de personnes patientaient en silence devant les guichets, sous les fresques folkloriques ocre. Une lumière douce, diffusée par la verrière, embellissait les visages. Jusqu'aux trois flics attachés au secteur qui déambulaient le sourire aux lèvres. Parvenu devant l'employée, Novacek présenta son carnet ouvert à la page portant le nom de l'association tchécoslovaque. Il réussit à lui faire comprendre que le numéro qu'il cherchait datait d'avant la Révolution de velours. Elle disparut un long moment dans les coulisses de l'administration pour réapparaître tenant dans ses mains un annuaire mou, rescapé de la grande tornade historique. Il apprit que l'association était alors domiciliée dans le quartier Zizkov, chez un écrivain du nom de Tomas Sotok. Il s'enferma dans une des cabines, près de l'entrée, mais la sonnerie résonnait dans le vide, indéfiniment. Avant de quitter la poste il ouvrit un annuaire récent de Prague à la lettre N et chercha son nom. Les Novacek se pressaient par centaines, une espèce proliférante aussi fournie qu'en France les Martin, Durand et Dupont réunis. Il y avait là des boulangers, des bijoutiers, des avocats, un taxidermiste, des fonctionnaires, un prestidigitateur...

Le pare-brise de la Volvo s'ornait d'un papillon battu par le vent. Novacek contourna le musée et s'orienta entre la statue équestre de Jan Zizka et le Monument national qui dominaient la ville. L'immense cube de granit abritant la tombe du Soldat inconnu formait un billot à la mesure des quinze mètres de longueur du cheval du héros hussite. À plusieurs reprises il se retrouva au milieu de la chaussée, sur les rails des tramways. Des appels de phares, des coups de klaxon le remettaient vite sur la bonne voie. Le numéro 12 de la rue Seifertova correspondait à l'un des innombrables bâtiments jaunes construits à l'immédiate périphérie de Prague, du vivant de Staline. Ils faisaient penser aux enfilades de H.B.M. entourant Paris, sur l'ancienne emprise des fortifications. Le seul intérêt de leur architecture tenait à la répétitivité des formes, et à leur ondulation qui épousait les déclivités du terrain. Le nom de Sotok était gravé dans la peinture de l'une des boîtes aux lettres alignées à hauteur d'homme, dans le hall. Des retraités faisaient la causette sur le palier du premier tandis qu'une femme descendait, retenant son landau dont les roues montées sur ressorts tressautaient sur les marches. À partir du troisième étage, les couloirs faisaient partie intégrante des appartements. Les locataires avaient occupé l'espace en plaçant de petits guéridons, des commodes, des tables, des pots de fleurs sur les paliers. Il reprit son souffle, au septième, avant de frapper à la porte sur laquelle était punaisée la carte de celui qu'il était venu voir. Il n'y avait pas d'œilleton, et il tendit l'oreille. Il reconnut, assourdi, le son universel d'un jeu télévisé. Il recula et se força à sourire en entendant des pas qui se rapprochaient. Une jeune femme passa la tête par l'entrebâillement. Elle paraissait soucieuse, lasse. Il lui tendit une carte de visite avant même qu'elle ait ouvert la bouche.

— Bonjour. Je m'appelle René Delcelier. Je voudrais voir M. Tomas Sotok... Il est là ?

Elle regardait le rectangle cartonné, incrédule.

— Que lui voulez-vous ?

— Je dirige une collection de livres fantastiques, en France, et j'aimerais faire traduire certains de ses romans...

— Vous arrivez trop tard, monsieur Delcelier. Beaucoup trop tard...

Elle repoussa la porte, et Novacek lui opposa une résistance.

— Laissez-moi lui parler, je n'en ai pas pour longtemps.

Elle baissa les yeux et il sut qu'il avait gagné. Elle le précéda dans un long couloir dont les murs étaient couverts de livres. La télé parlait à un verre vide posé sur la table de la salle à manger. Tomas Sotok était étendu sur un lit surélevé, dans la chambre attenante. On distinguait à peine son corps, sous les couvertures.

Sa tête, dirigée vers la fenêtre, creusait légèrement l'oreiller blanc. Le profil était très allongé, et la lumière d'hiver accentuait les rides qui striaient son visage. Ses paupières se soulevèrent quand le parquet grinça près de lui.

— C'est toi, Ella ?

Elle vint se placer face à lui, le dos à la fenêtre.

— Oui, mon oncle. Il y a là un éditeur français qui souhaite te parler.

Novacek s'installa dans un fauteuil, en coin, près d'un meuble en bois ciré couvert de napperons. Des clichés, presque tous en noir et blanc, retraçaient la vie publique de Tomas Sotok. Conférences dans les universités, remises de prix, tribunes de congrès, séances de dédicaces... Sa vie intime se résumait à une photo de mariage prise devant l'hôtel de ville de Staré Mésto. Le vieil homme s'était redressé sur ses oreillers.

— Vous ne me trouvez pas au meilleur de ma forme...

— J'ai essayé de téléphoner avant de venir, mais personne ne décrochait...

Il posa une main amaigrie sur le genou de Novacek.

— C'est bien ainsi... J'ai non seulement une visite, mais aussi la surprise de cette visite. Il est rare que les touristes viennent se perdre dans ce quartier...

— Je ne suis pas venu ici par hasard, monsieur Sotok. Je travaille pour une maison d'édition parisienne qui publie des textes de fantastique et de science-fiction.

— Je sais, je vous ai entendu le dire à Ella quand vous êtes entré. Elle s'appelle comment, cette collection ?

— « Sueurs du Futur »... Nous disposons déjà d'un fonds important d'auteurs américains, anglais, français, et nous recherchons des livres de valeur qui n'ont bénéficié que d'une carrière nationale, à l'Est, du fait de la division de l'Europe... Vous n'avez jamais été traduit, je crois ?

— Si. En russe, en bulgare et en vietnamien... Il faudra que je prenne le temps, un jour, d'aller dans tous ces pays pour dépenser mes devises...

Novacek se mordit l'intérieur des joues pour se donner du courage.

— Je vous le souhaite... Est-ce que vous pourriez me confier deux ou trois de vos ouvrages, afin que je les fasse lire ?

Tomas Sotok prit appui sur ses coudes pour décoller son dos des draps. Il pointa le menton vers une armoire.

— Tout ce que j'ai écrit est là-dedans...

Novacek ouvrit le meuble. Chacune des quinze étagères supportait un manuscrit, une trentaine d'exemplaires du même volume, ainsi que ses traductions. Il allongea le bras vers le rayonnage supérieur.

— Non, pas celui-là... C'était à mes débuts, j'écrivais sans m'en rendre compte sous l'influence de Tolstoï...

— Vous auriez pu tomber plus mal...

— Je ne crois pas... Le Tolstoï en question ne se prénommait pas Léon mais Alexis... Un auteur de science-fiction productiviste... J'étais fasciné par *L'Hyperboloïde de l'ingénieur Garine*... Prenez plutôt celui qui a une couverture jaune et rouge... *Les Mots manquants*... Je l'ai écrit au début de l'année 1968, et il a été imprimé en août, alors que les troupes du pacte de Varsovie bouclaient la ville... Il a été pilonné, lui aussi. Personne ne l'a jamais lu... C'est l'histoire d'un homme qui essaie de comprendre un pays où les pages des livres sont moins larges que les lignes d'écriture...

Novacek fit glisser le livre vers lui, il promena ses doigts sur les reliures, à la recherche d'un autre volume.

— Vous pouvez refermer l'armoire, après je me suis remis au travail, et ça redevient comme avant...

Novacek fit quelques pas en direction du couloir. Il s'arrêta.

— Il faudrait que je rencontre d'autres auteurs, mais c'est un peu compliqué. Mes numéros ne correspondent plus à rien. On dirait que tout le monde est parti sans laisser d'adresse...

— Les gens ne le font pas exprès, c'est le poids de l'habitude...

— On m'a dit, à Paris, que vous vous êtes occupé de l'Association des écrivains de mystère... Elle existe toujours ?

De nouvelles rides étaient apparues sur le front de Tomas Sotok.

— Non... Les nouvelles autorités ont considéré qu'elle était trop liée à l'Union des écrivains dont on disait ici que son siège avait deux entrées : la première au ministère de la Culture, l'autre au ministère de l'Intérieur... À moins que ce ne soit l'inverse...

— Et votre association, elle se réunissait où ?

— Sur la rue Narodni, un peu avant d'arriver au fleuve... Nous avions des salles au-dessus de la grande librairie...

Novacek quittait la pièce quand la voix de l'écrivain le rattrapa.

— Qui vous en a parlé, à Paris ?

— Un de vos collègues français, Frédéric Doline.

Il ne lut pas la moindre surprise dans les yeux de Tomas Sotok, juste un peu de lassitude.

Almanach Ouvrier-Paysan

Novacek se perdit dans les rues trop semblables de Zizkov. Au milieu d'un jardin en friche des enfants s'amusaient avec un taureau en béton aux flancs troués, promis à la démolition. À un moment le nez de la Volvo rencontra les berges de la Vltava. Il se mit à les suivre, espérant simplement rouler dans le bon sens. La vue des collines de Letna, de l'autre côté du fleuve, le rassura. Le socle de la plus impressionnante statue du monde était vide depuis trente ans, mais le souvenir de son ombre pesait toujours sur la ville. Il s'arrêta dans une taverne pour boire une Branik blonde et picorer quelques carrés de pommes de terre au vinaigre. Un couple imbibé s'engueulait en fond de salle, dans l'indifférence générale. En sous-sol une tenace odeur de shit rendait les lieux respirables. Novacek se soulagea en déchiffrant une inscription en allemand. Ses souvenirs scolaires lui permirent de reconstituer le message : « Si le communisme est la réponse, je me demande bien quelle était la question. » Il parvint à se garer derrière le Théâtre national et grimpa sur la rue Narodni par un petit escalier glacé par le vent. Il traversa devant un tramway, et longea la devanture de l'immense librairie, comparable à celle d'un grand magasin. Une dizaine de jeunes vendeurs en occupaient les points stratégiques. Leur allure décontractée, leurs vêtements colorés, contrastaient avec la décoration de type Sécurité sociale et le mobilier choisi dans un riche nuancier de marron.

L'entrée de l'immeuble se trouvait juste après la vitrine d'exposition des nouveautés, une porte en bois séparée de la rue par quelques marches usées et une lourde grille. Sur la façade, à hauteur du regard, la pierre gardait la trace d'une plaque : un rectangle clair et quatre chevilles torsadées. Il s'apprêtait à pousser la grille quand on lui tapa sur l'épaule. Un clochard qui gagnait sa vie en surveillant les voitures stationnées sur les trottoirs du secteur lui indiqua en marmonnant que la porte était condamnée, et qu'il fallait marcher sur une quinzaine de mètres, jusqu'à l'enseigne d'un bar. Novacek lui tendit une petite coupure, la première qu'il prélevait sur la liasse changée au noir. Le type se mit à gueuler, sans raison apparente. Novacek pénétra dans le troquet en faisant semblant de ne pas prêter attention aux insultes de son guide déclassé qui se fit refouler par l'un des serveurs. Un escalier puis un couloir menaient à une vaste salle située exactement au-dessus de la librairie. Un orchestre juché sur une scène arrondie jouait un standard alangui des Beatles. Les couples, dans la pénombre, traversaient la piste de danse en se berçant. Il vint s'accouder au bar installé dans un coin de la pièce, en contrebas, et posa son paquet de cigarettes sur le comptoir. Les tuyaux et les manettes de cuivre étaient purement décoratifs, on ne servait pas de bière. Il commanda un whisky, et attendit que le barman eût terminé de donner les premiers secours à une équipe de soiffards pour attirer son attention en brandissant un billet. Le type le prit, le chiffonna avant de le faire rouler sur la table.

— Vous n'avez rien d'autre en magasin ?

Novacek hésita, une fraction de seconde. Il sortit la liasse de sa poche, tira l'élastique et fit claquer un autre billet qui subit le même sort que le précédent.

— Vous les avez eus où, ces billets ?

— À la banque...

— Dans ce cas c'est la B.N.T... La Banque Nationale des Trottoirs ! Ces billets n'ont plus cours depuis que les Slovaques sont repartis dans leur cambrousse... Vous pouvez les garder pour jouer au Monopoly... Ici le patron en a couvert les murs des chiottes, ça vaut le coup d'œil...

— Je peux vous payer en francs français ?

Le garçon fit la grimace.

— Dollars ? Deutsche marks ?

Novacek tendit un billet de cinq cents francs.

-— Désolé, mais je n'ai rien d'autre...

Novacek empocha le change, laissant une pièce de cinquante couronnes près de son verre. Le garçon le remercia d'une courbette.

— C'était bien ici que se réunissait l'Association des écrivains de mystère, avant que ce soit une boîte ?

— Comment vous le savez ?

— C'est un genre littéraire qui m'intéresse beaucoup. Je prépare une anthologie mondiale des principaux auteurs de fantastique, et on m'a dit qu'il fallait absolument venir ici... Vous connaissiez, avant ?

— Non. Je travaillais dans un restaurant d'État. Il a baissé le rideau dès que le robinet à subventions a été fermé. Quand je suis arrivé ici, les ouvriers nettoyaient la place. C'était des bureaux, des salles de réunions. Vos écrivains, ça ne devait pas être des rigolos, ils avaient juste deux frigos, trois casseroles et une petite cuisinière à gaz pour réchauffer les saucisses...

Novacek se leva et remit son manteau sur ses épaules.

— Eh bien, tant pis... Il ne reste vraiment personne de cette époque ?

— Il y a bien Micki, mais ça m'étonnerait qu'elle puisse vous renseigner. Elle travaillait là depuis vingt ans quand on a ouvert, et le patron n'a pas eu le courage de s'en séparer. En tout cas, je suis sûr qu'elle n'a rien vu...

Dans le couloir les néons à nu inondaient la faïence blanche de lumière. Les murs de la salle qui suivait étaient entièrement tapissés de coupures périmées. Un papier peint à dix millions de couronnes le rouleau... Une vieille femme était accoudée sur le comptoir du vestiaire, devant une soucoupe vide. Elle portait de grosses lunettes noires et écoutait de la musique folklorique sur un radio-cassette posé au bord d'une étagère. Elle demeura immobile quand il passa devant elle. Il se lava les mains, se passa un peu d'eau sur le visage et, au retour, fit tinter une pièce dans la soucoupe. Des petits bouts de carton percés de centaines de trous d'épingle étaient posés, par couples, devant elle. Un pour le revers du manteau, de la veste, l'autre pour la poche du client.

— Bonjour... C'est vous qu'on appelle Micki ?

— Oui, c'est moi... Je n'ai pas l'impression de vous avoir déjà entendu, monsieur...

— Novacek. François Novacek... On m'a dit que vous travailliez ici depuis longtemps...

— On ne vous a pas menti. Bientôt trente ans. On m'a attribué ce travail après mon accident...

Micki souleva ses lunettes noires sur des yeux laiteux. Novacek détourna le regard.

— Vous étiez là quand les écrivains se réunissaient, non ?

— Bien sûr.

— Et ça se passait comment, avec eux ?

— Je les aimais bien, toujours polis. Bonjour, Micki, bonsoir, Micki... Ils étaient moins généreux, c'est vrai, sauf quand il y avait des délégations étrangères, mais c'était mieux tenu que maintenant. Personne ne traînait dans les cabines pour fumer leur saloperie, ou alors pour faire pire. Les hommes avec les hommes... On n'aurait jamais vu ça, avant... Jamais.

Un couple titubant se sépara devant les pictogrammes.

— Vous avez dû connaître un de mes amis, Frédéric Doline...

— Il en est passé quelques-uns, des Français, mais lui, son nom ne me dit rien. Je me souviens juste d'un Parisien, il n'arrêtait pas de parler, du matin au soir, un vrai moulin à paroles... Quand il était tout seul, il chantait. Il fallait que sa langue soit en action...

— Vous vous rappelez qui c'était, Micki ?

— Non. Ma devise ça a toujours été « Moins on en sait, et mieux on se porte ». J'écoute la vie comme on écoute la radio, ça entre par une oreille et ça ressort par l'autre.

Elle ramassa la pièce qu'un arroseur de faïence plaqua sur la soucoupe et se pencha vers Novacek.

— Il faisait quoi, votre ami ?

— Il écrivait des romans d'anticipation, du fantastique...

— À votre place j'irais faire un tour à la librairie Kepler, près du pont Charles. Pas celle qui est sur la rue... L'autre, dans le passage. C'est eux qui s'occupaient de faire venir les livres des invités, depuis plus de trente ans... On ne les voit plus depuis que l'association a été exterminée...

Il renonça à lui faire remarquer que dans ce cas le terme approprié était « dissoute ». Il se dirigea vers la place Wenceslas, empruntant une suite de passages pour éviter les trottoirs encombrés d'employés pressés transhumant vers leurs banlieues lointaines, et qui se ruaient sur les trams, les métros. Il contourna une église, se faufila entre deux immeubles corsetés par des échafaudages, avant d'accéder à une galerie. Plusieurs dizaines de personnes faisaient la queue devant le Panorama pour voir Stalone, le petit pote des peuples. Un amour déçu gémissait en quadriphonie à la devanture d'un revendeur Sony. Après un restaurant de poissons on accédait à une vaste cour pavée. Le soleil rasant éclairait le faîte d'une rangée de platanes. Des ouvriers s'affairaient au troisième étage d'une bâtisse austère, enfournant des gravats dans la gueule d'un empilage de poubelles sans fond qui descendait le long de la façade. En bas une benne métallique débordait de tous côtés. Novacek jeta un coup d'œil aux formulaires qui jonchaient le sol. Il se hissa sur la pointe des pieds pour regarder l'intérieur du container. La poussière de plâtre recouvrait des centaines de livres, de revues, des photos de dirigeants déchus, des fanions. Il tendit la main et ramena vers lui le tome douze des œuvres complètes de Vladimir Ilitch Lénine, en version originale. Il souleva quelques kilos de pensées de Jdanov, Staline ou Brejnev, et son attention fut attirée par une couverture orange et vert sur laquelle vibrait un titre français : *Almanach Ouvrier-Paysan 1949*. Il le tapota contre le flanc de la benne pour en faire tomber la fine pellicule blanche. Un ouvrier l'observait de l'une des fenêtres du troisième étage.

— Vous pouvez tout prendre si ça vous intéresse...

Novacek glissa l'almanach dans sa poche et leva la tête.

— Merci, mais je crois que j'ai déjà tout lu... Vous jetez tout comme ça, sans trier ?

— Pour quoi faire ? On ne peut avoir que de mauvaises surprises...

Les jardiniers municipaux

Les groupes de touristes allemands, italiens, espagnols, français, sillonnaient la place Wenceslas, par paquets de cinquante, la contenance d'un car. Les guides marchaient à l'avant, brandissant un parapluie de couleur pour rallier leur troupe. L'un d'eux avait empalé une panthère rose sur la pointe de sa canne. La peluche flottait au-dessus des têtes, suivie par son lot de retraités dont certains arboraient encore les souvenirs de l'étape précédente, Euro-Disneyland. Mickey et Minnie sexagénaires s'arrêtaient deux minutes devant la statue du roi signée Mylsbek, deux autres près des bougies et des photos de Jan Palach, un coup d'œil au Musée national, puis ils allaient siroter une bière au bar de l'*Ambassador* pour se remettre de leurs émotions.

Novacek fit une halte chez *Krone*, attiré par les effluves de poulet grillé. Il se fit servir un morceau de blanc auquel adhérait une aile croquante qu'il ingurgita debout devant la vitrine en regardant s'écouler le flot des curieux. Il s'essuyait la bouche quand un visage attira son attention. Le type avait changé de vêtements. Il plaisantait avec une des radeuses de la place, adossé à un kiosque à sandwichs. Novacek marcha droit sur lui sans le perdre des yeux. Quand il ne fut plus qu'à un mètre du couple, il sortit la liasse de billets périmés et la jeta au visage de l'escroc qui, le moment de surprise passé, se mit à courir en zig-zaguant dans la foule. Novacek le vit s'engouffrer dans la station Mustek. Il le poursuivit pendant une centaine de mètres, et s'arrêta au seuil de l'escalier mécanique qui plongeait vers les quais pour s'assurer que le changeur le payait de sa sueur. Puis il remonta lentement jusqu'à l'hôtel *Europa*. La pluie se mit à tomber alors qu'il franchissait la porte. L'hôtesse lui tendit un message d'Alain Cordier en même temps que sa clef. Il alluma la télé, son coupé, s'allongea à plat ventre sur le lit, et composa le numéro en regardant vaguement le cours de français statique dispensé par T.V.5.

— *Dobry den, pane* Cordier...

— Excuse-moi, mais mon logiciel de traduction à reconnaissance vocale est actuellement réglé sur le serbo-croate...

— Tu m'as appelé... Il y a du nouveau ?

— Je ne sais pas si ça peut t'aider, mais j'ai retrouvé la trace du Tchèque qui bossait à *Libé* du temps où vous y étiez, Nina Doline et toi... Il gratte maintenant dans un canard de Prague *En face*... C'est un hebdo d'infos générales qui s'est installé dans les locaux du *Soldat de la Liberté*, l'ancienne revue du ministère de l'Intérieur... Tu as de quoi noter ?

Novacek prit le bloc et le stylo marqués aux armes de l'hôtel.

— Je t'écoute.

— Osvald Ostatek. Il est quelque chose comme

chef de rubrique. Le journal est au 12 de la Janackovo nabrezi, à Mala Strana, et son téléphone direct est le 75-16-19...

Novacek reposa le combiné et éteignit la télé d'une pression du pouce sur la télécommande. Il se souvenait vaguement d'Osvald qui avait travaillé à l'accueil, rue Christiani. Il leur était arrivé de boire une bière ensemble, au comptoir du *Diplomate*, d'échanger quelques mots. Il ferma les yeux pour tenter de revoir son visage, mais ce furent les traits de Nina qui s'imposèrent à sa mémoire. La pluie avait nettoyé la place des armées de touristes, et les rafales de vent faisaient onduler la surface des flaques. Il demeura debout un bon moment à observer les tracés d'eau hachurant la lumière des candélabres avant de tirer ses rideaux sienne sur Prague. Il se cala dans le canapé d'angle, l'*Almanach Ouvrier-Paysan de 1949* à la main. Il feuilleta l'éphéméride de l'année écoulée. Les photos de deux résistants antifranquistes, Zoroa et Baos, exécutés en Espagne, côtoyaient celle du défilé de trente mille femmes communistes devant la statue de Jeanne d'Arc, l'assassinat du mahatma Gandhi faisait pendant à la formation d'un gouvernement d'Union nationale à Prague, sous la direction de Klement Gottwald. Plus loin un professeur au Collège de France relatait son séjour au ParadURSS, tandis qu'un poète très cadencé vantait les charmes de sa « Rose » :

Fraîche odorante rose rouge de justice
Et de victoire triomphalement voici le songe
Et triomphalement encore voici l'action
Liberté Liberté sur des harpes d'acier

Et de soie Liberté adorée des moissons.
Éclatante allumée aux toits des prolétaires.

Son regard quitta les vers militants, les feuilles jaunies, la photo de Staline en uniforme blanc de généralissime se brouilla, et il se demanda où se trouvait son père cette année-là, quand, les mots se faisant caméléons, la Tchécoslovaquie devint démocratique et populaire. Il songea au vide blafard des esprits, aux futurs pendus qui tressaient leur corde dans la liesse, aux rescapés des camps devenant collabos, aux bourreaux d'hier reprenant du service du bon côté des judas, aux censeurs analphabètes, aux fonctionnaires gris chargés de mettre le peuple à niveau, aux statisticiens calibreurs de têtes. L'alarme d'une voiture de luxe se mit à piauler au bord d'un trottoir. Il tourna les pages gardées par Pif le Chien pour tomber sur le cahier culturel consacré à l'actualité littéraire. L'aboyeur de service ne ménageait pas sa peine.

Mensonges, escroqueries, menaces, publicité éhontée, sont employés par ceux qui n'ont plus d'espoir qu'en la confusion et la tromperie pour diffuser leurs écrits d'abrutissement, pour chanter les louanges des U.S.A. Notre devoir est de dégager, en prenant parti pour la vérité, ce qui est sain et nourrissant pour l'homme, ce qui mérite sa place dans une bibliothèque. Il faut placer au tout premier rang de ces livres, aussi nécessaires à l'ouvrier que l'air et le pain, de solides et virulents pamphlets, L'existentialisme n'est pas un humanisme *de Jean Kanapa et* Le Surréalisme contre la Révolution *de Roger Vaillant qui font le procès de deux grandes mystifications bourgeoises. Dans* Une littérature de fossoyeurs,

Roger Garaudy condamne également sans appel les empoisonneurs de l'opinion.

La fenêtre s'ouvrit sous le coup de boutoir d'une violente bourrasque. Le rideau gonfla comme une voile, balayant tout sur son passage. Novacek se leva, s'empêtra dans le tissu transparent et glacé avant de parvenir à saisir la poignée de la crémone. Il s'endormit, bercé par la tempête, en se demandant combien de livres de Queneau, de Vian, de Perec auraient été perdus, leurs auteurs transformés en livreurs de bière ou de charbon, gardiens de cimetières, jardiniers municipaux par le rédacteur de l'*Almanach Ouvrier-Paysan* devenu ministre de la Culture d'une France démocratique et populaire.

Quinzinzinzili

La sonnette d'un tram dissipa brusquement les réflexions où son esprit s'embrumait, et Novacek fit un écart pour se ranger sur la droite. En contrebas la Vltava digérait les ruissellements de la nuit, des bouillonnements généraient une mousse ocre tout au long des écluses. Près des garages à pédalos, sur l'île Strelecky, des enfants faisaient planer des cerfs-volants au milieu des colonies de mouettes. Le soleil blanc dessinait les reliefs des façades austères de la rue Janackovo. Novacek vint se ranger devant les congélateurs alignés de la *Poissonnerie de la Baltique*, sous l'énorme narval en stuc qui lui servait d'enseigne. Les trottoirs étaient déserts, et il lui fallut se cogner à la porte fermée du journal *En face* pour se rendre compte que le climat provincial n'était pas simplement dû à la présence du fleuve mais aussi au fait qu'on était dimanche. Il laissa sa voiture et se dirigea vers le funiculaire à eau de Petrin. De vieilles photos plastifiées collées sur les parois des cabines expliquaient le système de réservoirs emplis au sommet de la colline et vidés à la base qui permettait, au début du siècle, de gravir la pente sans dépenser d'énergie. Il contourna la Tour panoramique, copie d'Eiffel, pour s'engager dans les jardins entourant le couvent. Deux gamines, cheveux blonds tressés, jupes plissées, chemises et chaussettes blanches, étaient assises, jambes ballantes, à chaque extrémité d'une table posée près d'une porte. Le vent distordait un air d'accordéon, les pleurs d'un violon. Il s'approcha et allongea le cou par l'ouverture. Des camions publicitaires masquaient la vue. Entre les bâches décorées de boîtes de conserve géantes, on devinait un vaste parc planté d'arbres, et l'on percevait la rumeur d'une foule. Novacek tendit les vingt couronnes à la première fillette qui lui remit un ticket que la seconde déchira. Il emprunta un petit sentier qui descendait vers un bassin agrémenté de cygnes. Un groupe de miss en string, les cuisses bleuies par le froid, s'agitaient en gloussant dans le cercle formé par les quatre camping-cars qui leur servaient de loges. La pelouse du parc avait été divisée en carrés de dix mètres sur dix à l'aide de barrières en bambou, et les spectateurs naviguaient d'une parcelle à l'autre, notant leurs impressions sur un imprimé. Novacek, en badaud lambda, fila droit sur le secteur le plus compact. Il joua des coudes pour se glisser au premier rang. Deux élégantes montées sur talons compensés défilaient dans l'enclos en tenant chacune un doberman au moyen d'une courte laisse. Les bestiaux marchaient au pas en faisant rouler la mécanique de leur musculature, ouvrant leur gueule sur un râtelier impeccable. À côté on présentait des dalmatiens, plus loin c'était d'effrayants bergers ukrainiens ou de ridicules modèles réduits chinois. Un stand proposait une variété infinie de panneaux en tôle émaillée « Défense d'entrer, propriété privée »,

« Attention chien méchant ». Il fit le tour de l'exposition canine et en retira la certitude qu'elle ne servait qu'à ouvrir l'Europe centrale à un nouveau marché, celui de la croquette et du riz soufflé, des abats lyophilisés, du shampooing anti-tiques et de la laisse rétractable. Bientôt, ici comme à Paris, le sort des chiens sans niche fixe ferait davantage saigner les cœurs que celui des humains réfugiés dans les emballages cartonnés.

Novacek rejoignit la rue Neruda par un labyrinthe d'escaliers et de jardins avant de plonger sur la ville nouvelle. L'ombre des statues du pont Charles s'étendait sur les étals des vendeurs de breloques. Il acheta un bonnet et l'ajusta sur sa tête en se regardant dans les verres-miroirs des lunettes de soleil du forain polonais. Les piétons massés sous l'arche de la douane traversèrent en bloc après le passage du tramway. La librairie dont lui avait parlé Micki se trouvait à une vingtaine de mètres de là, au tout début de la rue Karlova, après un magasin de jouets en bois blanc. Des livres anciens, en langue allemande pour la plupart, étaient disposés sur des étagères en verre. Bibles gothiques de Mayence, xylographies de Frankfurt am Main, eaux-fortes de Stuttgart. Il remarqua, caché derrière une pile de guides Baedeker, un *Précis de Géographie Indienne à l'Usage des Découvreurs* édité en 1734 à Genève, et sur la couverture duquel une famille d'indigènes anthropophages s'apprêtaient à faire disparaître le corps du délit.

Il poussa la petite porte ménagée dans un portail massif qui faisait suite à la boutique. La lumière de la rue fut captée par un fragment de cuivre poli plaqué sur le mur du passage voûté. Le battant se referma, plongeant le passage dans l'obscurité. Le froid humide fut immédiatement perceptible. Novacek gratta une allumette et l'approcha de la sculpture. La lumière vacillante lui permit de voir le buste d'un homme d'une cinquantaine d'années, les yeux perçants, les oreilles légèrement décollées, la bouche soulignée par les poils fournis de la barbe, des moustaches et de la mouche. Une inscription en métal repoussé le désignait à la curiosité des passants entreprenants : Johannes Kepler, astronome héliocentriste. Une deuxième porte conduisait à une ruelle encadrée par des bâtiments anciens aux façades agrémentées d'escaliers, de coursives. Il marcha jusqu'à un couloir dont les murs étaient percés d'alvéoles isolés par des barreaux qui ne protégeaient plus rien. Ensuite une sorte de portique en bois permettait de franchir une vieille douve et d'accéder à une cour triangulaire au milieu de laquelle poussait un arbre chétif. Dans les étages, derrière les étais de bois recouverts de mousse vert-jaune, témoins d'une rénovation languissante, des doigts malhabiles dispersaient les notes d'un opéra de Smetana sur les touches d'un piano. Novacek ne détecta aucun autre signe de vie. Il poussa un second portail, aussi sombre et imposant que le premier, qui donnait accès au quai Smetanovo. Le grincement des charnières provoqua l'envol d'une colonie d'oiseaux noirs qui se disputaient une charogne. Il revint sur ses pas et s'aperçut qu'une lampe brillait faiblement derrière un carreau cathédrale. Il s'en approcha alors qu'une ombre s'interposait entre la lumière et la vitre. Deux marches s'enfonçaient dans le sol, conduisant à une porte basse. « Librairie d'ancien. » Tous les vernis, toutes les peintures dont on avait nourri le bois de l'embrasure subsistaient à l'état de traces, de coulures, sur la plaque de cuivre vissée à gauche, près du heurtoir en forme de main repliée. Il sentit le froid des siècles en le prenant dans sa paume.

Il frappa par deux fois avant de se décider à entrer, déclenchant un carillon aux sonorités semblables à celui de l'hôtel de ville de Staré Mésto. Il fallait descendre deux autres marches périlleuses, creusées en leur milieu. La librairie était assez basse de plafond, comme installée dans les caves du bâtiment, et d'énormes poutres de chêne renforçaient cette impression d'écrasement. Les murs étaient intégralement couverts de livres reliés, et chaque étagère munie d'un carton de classement rédigé en allemand et calligraphié en lettres gothiques. Au centre de la pièce des bacs contenaient le tout-venant de l'édition, livres récents, collections de poche, revues, cartes postales et gravures. Novacek mit plusieurs secondes à se rendre compte de la présence du libraire : il était assis derrière une petite table, penché sur des papiers, et sa silhouette se confondait avec le décor. Il lui adressa un léger salut de la tête puis s'approcha d'un rayonnage sous-titré « ZEIT und DAUER ». Son doigt se promena sur le dos des livres pour s'arrêter au creux de l'estampage doré d'un exemplaire rare, le *De architectura* de Vitruve dans son édition berlinoise de 1918. L'intitulé dû à Ebhardt occupait la moitié de la couverture : *Die zehn Bücher der Architektur des Vitruv und ihre Herausgeber mit einem Verzeichnis der vorhandenen Ausgaben und Erläuterungen.* Il le tira à lui et l'ouvrit au hasard sur une série de croquis détaillant le fonctionnement des aqueducs romains.

Le libraire avait immédiatement réagi au choix de Novacek. Il se déplia. Il ne ressemblait pas au vieux vendeur érudit qui se faufile en silence entre les montagnes de Savoir en ajustant ses binocles sur son nez. C'était un colosse au visage carré, à l'allure déterminée, du genre de ceux que l'on croise à l'entrée des concerts de rock ou dans les supermarchés, au rayon boucherie. Novacek reposa le volume.

— C'est une véritable merveille...

— Oui, c'est du bon travail, d'autant que le tirage a été très limité... Si vous vous intéressez à Vitruve, nous possédons également un fac-similé de la première édition italienne réalisée par Cesariano à Côme, en 1521.

— J'ai bien peur de n'avoir que les moyens de la regarder... En fait je suis surtout passionné par le roman fantastique, la science-fiction...

Le libraire fit glisser vers lui un in-quarto, *Der Kalender* de Papert.

— Quand tous ces savants écrivaient sur le mouvement des planètes, sur le temps, le passé, le futur, ils n'avaient pas les moyens de vérifier leurs hypothèses. C'était une pure spéculation intellectuelle, du roman en quelque sorte...

Novacek prit une édition originale du seul livre d'Alfred Kubin, *L'Autre Côté*, émerveillé par les illustrations réalisées par l'auteur, puis il fit quelques pas vers le fond de la boutique, attiré par une affiche du journal *Le Matin*, une copie de Fantomas, pour le feuilleton *Le Nyctalope* de Jean de La Hire. Il fureta dans les publications de Hachette, de Denoël, de Néo, à la recherche d'une trace de Frédéric Doline. Il feuilleta une pauvre chose d'André Maurois, de l'Académie française, *La Machine à lire les pensées*, et finit par se décider à prendre *Quinzinzinzili*, le roman d'un auteur dont il n'avait jamais entendu parler, Régis Messac, amusé par la manière dont ses enfants-héros récitaient le Pater Noster :

> *Boudi-Hou, Pat'Not*
> *Quinzinzinzili*
> *Do pain conyenyen*
> *Ramainlibonbon*
> *Elicadjoulain*
> *Elibenzonton*
> *Lizontonkiroul*
> *Elifunkichouf*
> *Etouçakinbon*
> *Raminlamanman*
> *Boudi-Hou, Pat'Not.*
> *Quinzinzinzili !*

(Bon Dieu, Pater Noster, Qui es in caelis, Donne-nous notre pain quotidien, Ramène les bonbons, Et les cadeaux du Jour de l'An, Et les belles autos, Les autos qui roulent, Et le feu qui chauffe, Et tout ça qu'est bon, Ramène la maman, Bon Dieu, Pater Noster, Qui es in caelis.)

Il se souvint qu'un avocat du nom de Messac, spécialisé dans les affaires de presse, lui avait sauvé la mise dans un procès pour diffamation, au début de sa carrière de journaliste, et il se demanda s'il était lié à l'écrivain crédité en quatrième de couverture d'un pamphlet hostile à l'enseignement de la langue du Latium, *À bas le latin*. Le libraire culturiste avait repris sa place derrière sa table. Novacek se dirigea vers lui pour régler son achat. Il s'arrêta devant l'un des bacs, et se mit à regarder distraitement les revues. Il y avait là des collections complètes de publications américaines comme *Locus, Analog*, quelques numéros d'*Amazing Stories*. Il repéra deux ou trois fanzines français et s'apprêtait à filer à la caisse quand le sigle de l'A.T.E.M., l'Association tchécoslovaque des écrivains de mystère, fixa son attention. Il figurait au bas d'une page d'une revue ronéotée, *Clepsydre*, rédigée en anglais. Il ne prit même pas la peine de feuilleter les exemplaires, il préleva tous ceux qu'il put trouver pour venir les poser devant le vendeur avec le roman d'anticipation de Régis Messac.

— Je vous dois combien ?

Le libraire installa son addition au crayon noir dans la marge d'un journal.

— Cinq cent vingt couronnes... C'est le prix du livre, je vous fais cadeau de ça...

Il laissa peser sa main sur les acquisitions de Novacek.

— Je vous remercie... Un de mes amis a publié une étude sur les clepsydres, et il collectionne tout ce qui, de près ou de loin, fait référence aux horloges à eau... Il va être fou de joie...

— Nous avons en réserve un très bel exemplaire de *L'Âme noire de Bohême*, un texte attribué à Chwusza, dont plusieurs chapitres décrivent la clepsydre du château de Karlstejn, et le jardin-horloge de Konopiste... Aux beaux jours, d'après ce qui est dit dans ce livre, on pouvait lire l'heure en suivant l'éclosion des fleurs...

— Je ne manquerai pas de lui transmettre l'information...

Novacek ramassa ses livres et marqua un temps avant de se diriger vers la porte.

— J'ai regardé dans le rayon français, mais vous ne possédez aucun des livres de mon ami... Il a pourtant publié une cinquantaine de romans de science-fiction et de fantastique...

— Et comment s'appelle-t-il ?

— Frédéric Doline.

Les muscles du visage du libraire se relâchèrent, effaçant son sourire en une fraction de seconde, lèvres retroussées, sourcils froncés. Novacek ressentit presque physiquement l'acuité de son regard, mais ne se départit pas de son rôle de client comblé. Il fit demi-tour, et lui jeta un rapide regard en fermant la porte. Le sourire calibré était de nouveau au rendez-vous.

— Je peux faire une recherche dans les stocks... Repassez demain.

— C'est impossible, je repars à l'aube.

Dans le passage la neige tombait en gros flocons cotonneux. Ils flottaient dans le halo des réverbères, se posaient sur les pavés et disparaissaient, comme aspirés par le sol. Il remonta la rue Karlova en ajustant son bonnet sur sa tête. Devant le Klementinum des jeunes filles distribuaient des prospectus pour un concert, et l'on entendait, venant de la cour intérieure, les instruments s'accorder.

La Clepsydre

Il marchait lentement au milieu d'une foule armée de Nikon, de Canon, de Kodak, en déchiffrant les titres des articles de *Clepsydre*, et c'est en obliquant sur la droite, pour rejoindre son hôtel, qu'il se souvint avoir laissé sa voiture de l'autre côté du fleuve. Il grimpa dans un tram bondé au coin de la rue Narodni. Une sorte de hammam à roulettes. Il fit le voyage bloqué contre le dos d'une énorme femme dont le manteau en mauvaise laine exhalait une odeur de chien mouillé. Ils ne furent que deux à descendre sitôt franchie la Vltava, Novacek par les portes centrales, ainsi que, par l'arrière, un type au physique passe-partout vêtu d'une sorte de loden gris et la tête protégée par une casquette. L'homme se dirigea vers le quai et alluma une cigarette à l'abri d'un porche. Tout en tirant sur sa clope, il observa Novacek qui traversait la place en direction de la poissonnerie française. Quand sa cible s'installa au volant de la Volvo, il balança son mégot pour se jeter à l'arrière du premier taxi venu, un break Skoda rouge. Les deux voitures filèrent sur l'avenue vide, vers le pont Jiraskuv.

La neige commençait à tenir au coin des rues, près

des carrefours battus par le vent, ainsi que sur les toits, les dômes. Novacek vira un peu trop rapidement sur une plaque de verglas. Il se sentit partir par l'arrière et commit l'erreur de freiner, accentuant sa dérive. Il heurta le rebord du trottoir, contre-braqua afin d'éviter de se payer le parapet, et c'est en jetant des coups d'œil désespérés dans ses rétroviseurs, puis après de loin en loin, qu'il repéra le manège du taxi. Il laissa le fleuve derrière lui, s'engagea dans le réseau serré des rues de Nové Mesto pour s'arrêter devant les grilles du jardin botanique. Des joueurs d'échecs repliaient leurs damiers, rangeaient leurs pièces dans des boîtes à couvercle coulissant, chassés par le mauvais temps.

Novacek mit le cap sur une brasserie accolée à un dispensaire. Il s'installa à une table, en retrait, pour observer la rue sans être vu, et commanda une bière. Le break s'était rangé de l'autre côté du carrefour, devant la vitrine d'un encadreur. Le chauffeur descendit pour acheter une saucisse, à un kiosque, tandis que son client restait tapi à l'arrière du taxi, masqué par la neige qui tachetait le pare-brise. Novacek sortit les numéros de *Clepsydre* de sa poche. Il commença à les lire tout en jetant un coup d'œil vers la Skoda, de temps en temps, amusé par l'image mentale du compteur ajoutant une couronne pour chaque mot déchiffré. Tous les exemplaires, écrits en langue anglaise, avaient été imprimés à Prague. Le premier quatre-pages ronéoté, daté de mai 1985, était consacré presque exclusivement à Maurice Renard (1875-1939), auteur d'une dizaine de romans d'anticipation dont *Les Mains d'Orlac*, histoire d'un immense pianiste qui, accidenté, se voit greffer les mains prélevées sur un meurtrier après son exécution, et qui se persuade peu à peu qu'elles ont gardé la mémoire de leurs méfaits. La mémoire et la nostalgie... Le dernier feuillet recensait, pour moitié, la liste des livres dans lesquels le héros est projeté au cœur de l'infiniment petit, depuis *Les Fourmis* d'Emmerich de Vattel (1757) jusqu'à *L'homme qui rétrécit* de Richard Matheson, en passant par *Un homme chez les microbes* de Maurice Renard ou *La Chute dans le néant* de Marc Wersinger, et pour l'autre moitié donnait des nouvelles des manifestations organisées autour de ce genre littéraire. Les dossiers des deux revues qui suivaient étudiaient respectivement la production d'Olaf Stapledon et celle d'Alfred Bester. Les notules imprimées en quatrième ne lui apprirent rien de fondamental si ce n'est qu'un quartier de Los Angeles avait décidé de s'appeler Tarzana, en hommage à Edgar Rice Burroughs. Le dernier opuscule, après une étude sur Alexandre Beliaev et la *naoutchnaïa fantastika* soviétique, s'avéra autrement plus instructif. Le copyright spécifiait qu'il avait été réalisé à Prague en janvier 1989, et les brèves de fin annonçaient la tenue le mois suivant, dans la capitale tchèque, d'une Convention internationale des écrivains de mystère, à l'initiative de l'A.T.E.M. La rencontre, placée sous le parrainage du ministère de la Culture, était présidée par le romancier soviétique Youri Setiolov. Son œuvre, ses titres, ses prix étaient détaillés sous son portrait, une face ronde, des yeux rieurs, des cheveux ras, et la quarantaine d'auteurs qui avaient donné leur accord étaient présentés en quelques lignes, par ordre alphabétique. Le bloc socialiste avait répondu présent, Hongrois, Bulgares, Polonais, Allemands de l'Est constituaient le gros de la troupe épaulés par un Viet-

namien. Les rangs occidentaux étaient moins fournis :
un Autrichien, un Allemand de l'Ouest, un Italien, un
Espagnol, un Suédois, une Anglaise, un Mexicain, et
un Français dont il ne put lire le nom sans émotion :
Frédéric Doline. Il sortit son calepin de sa poche pour
relire les notes prises lors de ses retrouvailles avec
Nina, dans son bureau, mais il savait, avant même de
vérifier, qu'elle et Doline ne s'étaient rencontrés qu'un
an plus tard, en 1990, et qu'à l'évidence elle ignorait
tout de ce premier voyage. La notule ne lui apprit rien
qu'il ne sache déjà. De l'autre côté du carrefour le
chauffeur de taxi finissait de manger sa saucisse et son
pain. Son passager n'avait pas bougé d'un millimètre.
Novacek se leva pour payer au bar, et fit une halte aux
toilettes avant de sortir. Le mur, sponsorisé par Gallimard, était couvert de graffiti. Tout en se soulageant il
en sélectionna un qu'il classa dans un coin de sa tête :

> *Tarata dzim boum dzim boum*
> *dziiim boum-boum*
> *Tarata dzim boum dzim boum-boum*
> > *(Paroles et musique*
> > *de Vladimir Jirinovski)*

Il mit le cap sur Nusle, entraînant la Skoda dans son
sillage. Les pneus de la Volvo imprimaient leur
marque dans la neige vierge. Il vint se ranger devant
le hall de l'hôtel *Forum*, une tour de verre et de béton
posée près d'une voie rapide, descendit et confia la
clef de contact enveloppée dans deux billets de cent
au planton en livrée qui se dirigeait vers lui en avan-
çant un large parapluie. D'un signe de tête il lui désigna le taxi.

— J'ai un mari jaloux qui me colle au train... Vous pourriez me donner un coup de main et aller la garer dans une petite rue, derrière l'hôtel ?

L'employé le gratifia d'un clin d'œil.

— À votre service, monsieur. Si vous voulez sortir sans être vu, vous descendez au sous-sol, par l'ascenseur, et vous prenez la porte réservée aux livraisons. Votre voiture sera devant.

Novacek grimpa au troisième étage, s'approcha de la baie vitrée du salon, et tira légèrement le rideau. L'homme au loden téléphonait d'une cabine. Il raccrocha, leva la tête sur la tour, puis s'installa à l'arrière de la Skoda qui disparut vers la Vieille Ville.

Todchovallon

Cinq minutes plus tard Novacek quitta l'hôtel *Forum* en empruntant les sous-sols, par précaution. La voiture était à la place prévue, la clef de contact coincée derrière le miroir de courtoisie, sous le pare-soleil du passager. Il traversa les faubourgs de Prague, en sens inverse, à pleine vitesse, le nez collé au pare-brise, les mains agrippées au volant, le regard fixé sur la trouée jaune ménagée par ses phares dans un espace rendu presque compact par la neige. Quelques klaxons miaulèrent sur sa droite, sur sa gauche, mais c'est à peine si son pied effleura la pédale de frein. Ce n'est qu'en arrivant sous la voûte, près du pont Charles, qu'il rejoignit la Skoda. Elle s'était rangée devant l'église Saint-François, le temps que le client règle sa course. Immobilisé derrière la fourgonnette d'un fleuriste par le feu rouge, il l'observa qui traversait l'avenue en même temps qu'un groupe de touristes japonais. Le col du loden gris et la tête recouverte de la casquette flottaient quinze centimètres au-dessus de la petite foule. Novacek démarra doucement pour le voir pousser le lourd portail du passage Kepler abritant la librairie de livres anciens.

Nadège avait essayé de le joindre, en fin d'après-midi. Elle avait confié une phrase tendre au standardiste de l'hôtel *Europa*, à son intention. Il essaya de l'appeler mais l'heure des consultations était passée, et elle devait sillonner le quartier pour visiter ses patients à domicile. Il se fit servir son dîner dans la chambre. Alain Cordier était lui fidèle au poste. Sa voix n'avait pas les accents enjoués que Novacek lui connaissait d'ordinaire.

— Qu'est-ce qu'il se passe, ça n'a pas l'air d'aller ?

— Pas trop... J'ai passé une partie de la matinée sur le Minitel à répondre au questionnaire de sélection de « Questions pour un champion »...

— Ne me dis pas que tu t'es fait étendre, je ne te croirai pas !

— Non, au contraire j'ai fait un sans-faute.

— Alors, où est le problème ?

— J'avais laissé mon numéro sur l'écran. Ils m'ont rappelé pour prendre rendez-vous, et je devais participer à l'émission. Tout allait bien jusqu'au moment où je leur ai demandé s'il n'y avait pas de difficultés d'accès au studio avec mon fauteuil roulant... Le type m'a répondu non d'un air pas trop convaincu. J'ai insisté. En fait il n'y avait pas de problème pour entrer sur le plateau, mais c'était après que ça se compliquait... Tu as déjà vu l'émission ?

— Non, à cette heure-là je suis bloqué devant « Hélène et les garçons »... Tu ne peux pas savoir comme ça me manque, ici...

— Tu es toujours aussi drôle... Je t'explique. Les concurrents sont debout derrière des pupitres et doivent appuyer sur des champignons lumineux dès qu'ils ont la bonne réponse. Le plus simple aurait été de construire une rampe, et de me faire grimper à la bonne hauteur, mais selon eux ça risquait de faire ridicule... Ça l'était encore plus s'ils rabotaient mon pupitre... Résultat des courses, ils m'envoient un dictionnaire comme lot de consolation.

— C'est toujours ça de pris ! En tout cas je ne suis pas trop mécontent que tu rates ta carrière de star télé : tu vas pouvoir continuer à jouer à « Questions pour Novacek »...

— J'ai l'impression qu'avec un titre pareil, tu vas faire un audimat plat ! Vas-y, je t'écoute...

Novacek se leva et tira sur le fil pour atteindre la penderie. Il prit la collection de *Clepsydre* dans sa poche de manteau, revint s'asseoir devant son assiette de porc et boulettes en sauce. Il chercha la page annonçant la réunion praguoise des écrivains de mystère.

— Il faudrait que tu fasses des recherches sur une quinzaine d'écrivains dont je vais te donner les noms. Une dame-pipi aveugle m'a aiguillé sur une librairie tenue par le frère de Schwarzenegger, et je suis tombé sur un fanzine annonçant la venue de Doline à Prague, dans le cadre d'une réunion internationale... Tu as de quoi noter ?

— Si tu parles un peu plus lentement, je peux taper directement...

— Tu me soignes plus particulièrement le président de leur congrès, Youri Setiolov, un Soviétique, et son adjoint Sergueï Martinov, la puissance invitante, le Tchèque Karel Bogdan. Il y a aussi un Hongrois, Imre Zlavo, un Bulgare, Paraceff, un Polonais, Tomas Snirsky, un Allemand de l'Est, Wolf Drehen, et un Vietnamien, Le Minh...

— Pas d'Abkhaze, d'Ossète du Sud, d'Ingouche, de Koumyk, de Tchétchène, de Moldave ?

— Dans ce cas on ne dit pas « Moldave », mais Transnistrien ! J'ai oublié de te préciser que la rencontre était annoncée pour février 1989, et qu'à cette époque on n'utilisait encore qu'un seul nom pour tous : « soviétique »... En revanche j'ai quelques écrivains occidentaux dans ma manche. Un Autrichien, Dietrich Manterlé, un Allemand de l'Ouest, Klaus Fleishung, un Italien, Pietro Albaretto, un Espagnol, Julio Ferrandez, un Suédois, Freddy Mœrs, une femme, l'Anglaise Alexandra Wooddies, un Mexicain, Rodrigo Bedones, plus Frédéric Doline pour les couleurs françaises. Tu penses t'y mettre quand ?

— Les noms de la première liste sont déjà partis dans l'index informatique du *Monde des livres* et dans celui de *Livres-Hebdo*... Pour les autres, ça ne va pas tarder. S'ils ont parlé d'un de tes scribouillards au cours des vingt dernières années, je le saurai dans le quart d'heure qui suit. Il ne me restera plus qu'à mettre la main sur les serveurs ad hoc pour chacun des pays concernés. Dès que j'ai quelque chose, je te le faxe à l'hôtel, comme ça tu auras de la lecture au petit déjeuner...

La neige recouvrait la place Wenceslas d'un linceul sans pli. Les prostituées s'étaient réfugiées sous les porches, à l'amorce des passages où les touristes esseulés venaient discuter du cours de leurs bourses. Novacek se glissa sous la couette, en frissonnant, et d'un coup de pouce sélectionna le canal français, T.V.5, qui diffusait un documentaire sur les Balkans. On y parlait du dictateur bulgare déchu, Todor « Todcho » Jivkov qui avait transformé le village où ses parents élevaient des cochons, Pravetz, en ville modèle, la reliant à Sofia par une autoroute, en y implantant les usines les plus modernes du pays, en mutant dans ses lycées les professeurs les plus réputés. Depuis le passage d'un feuilleton français sur le petit écran bulgare on ne l'appelait plus que Todchovallon. Une allée longue de deux kilomètres recouverte de dalles qu'avaient foulées les semelles de Mitterrand, Brejnev, Castro ou Marchais, conduisait à la statue du maître du pays, surveillée jour et nuit par une armée de caméras vidéo. Après sa chute, on avait attaché un âne au socle vide. L'image montrait le cercle tracé dans l'herbe par l'animal captif. Il ne sut pas pourquoi, furtivement, cela lui fit penser à Jack Lang.

Un mort, un légume,
un mercenaire

La femme d'étage se délesta du plateau et tira les rideaux sur un jour maussade. Quatre fax enroulés comme des missives moyenâgeuses étaient posés entre les petits pains ronds briochés et le *Praha Post*, l'un des trois quotidiens en langue anglaise publiés dans la ville. Novacek la remercia d'un sourire, et il attendit son départ pour se lever et passer le peignoir blanc griffé *Europa*. Il avala l'orange pressée, d'un trait, avant de classer les messages par ordre d'arrivée. Alain Cordier ne s'était pas accordé beaucoup de repos : les deux premières télécopies avaient été envoyées à deux heures du matin, les deux autres trois heures plus tard. Il se servit une tasse de café noir qu'il touilla tout en commençant sa lecture.

Ton pote Youri Setiolov est connu comme le loup blanc. Ou plutôt comme le loup rouge... Le seul problème, c'est qu'il est transformé en légume depuis trois ans, secteur des soins intensifs de l'hôpital Souslov à Moscou. Hémiplégie doublée d'un solide infarctus. Le cerveau n'a pas été irrigué pendant plusieurs minutes, et toutes les informations qu'il contenait ont été effacées. La lettre confidentielle russe Le

Pli *parle à son propos d'indigestion de champignons. Une manière comme une autre de jeter le trouble sur le diagnostic. Sinon, il est né le 12 juin 1938 à Odessa, en Crimée. Études d'histoire et de littérature. Service militaire dans les paras, et début de la vie professionnelle en 1961 comme journaliste pour le magazine des syndicats,* Troud. *(Je t'épargne les jeux de mots.) Il fait ses preuves comme grand reporter, et on entend parler de lui pour la première fois grâce à un reportage longue durée dans les maquis viêt-congs lors de l'offensive du Têt, en février-mars 1968. Il aurait accompagné le commando qui parvint à entrer dans l'ambassade américaine de Saigon. Il devient une sorte de héros qu'on trimbale de ville en ville pour motiver l'effort soviétique en faveur des frères vietnamiens. Sa fréquentation de la nomenklatura lui permet de rencontrer sa femme, Oksana Tarasova, la fille du responsable du* K.G.B. *pour la région de Moscou. Ce mariage lui ouvre de nouveaux horizons : il publie son premier livre en 1972,* Reflets perdus, *un roman qui décrit très précisément la vie des flics du commissariat central moscovite, au 38 de la rue Petrovska. Énorme succès en Popovie. Invitation au Kremlin pour le 1ᵉʳ Mai 74, sous Brejnev. Ensuite c'est une alternance de romans et d'enquêtes de terrain sur tous les points chauds de la planète : Angola, Mozambique, Éthiopie, Irak, Nicaragua, Afghanistan... Il prend le virage gorbatchevien dès 1985, et fonde l'Association internationale des écrivains de mystère afin d'opérer un rapprochement avec les romanciers occidentaux. Lancement du bébé à Genève, au moment de la rencontre Reagan-Gorby. Selon toute vraisemblance,* l'*a.t.e.m.* était la branche tchèque de l'*a.i.e.m.* de Setiolov.

Cordier avait poussé la conscience professionnelle jusqu'à taper sur la seconde copie de la première série la bibliographie complète de Youri Setiolov, œuvres originales datées et traductions avec nom d'éditeur. Novacek coupa un *Brötchen* en deux, recouvrit la mie dorée de confiture à la cerise, puis il déplia les deux dernières copies qu'il fit tenir à plat devant lui grâce à des morceaux de sucre posés sur les coins. Sergueï Martinov, l'adjoint de Setiolov, avait également droit à une longue notule.

Sergueï Martinov, né à Moscou en 1950. Études littéraires et d'interprétariat. (Anglais, français, espagnol, italien, turc, arabe.) Publie un essai sur le roman fantastique russe en 1983, Quels mondes meilleurs ? *Conseiller culturel au consulat d'U.R.S.S. à Gijón en Espagne. En poste à Kaboul en 1984, où il rencontre Setiolov. Cheville ouvrière de l'*a.i.e.m.*, c'est lui qui est chargé de nouer les contacts avec les écrivains occidentaux. Après la chute de Gorbatchev, fin 1990, il rompt avec Setiolov et prend possession d'un journal communiste en déshérence,* Sovietskaïa Rossia, *et en fait la plate-forme du courant national-bolchevique regroupant des nostalgiques de l'U.R.S.S., des ultra-nationalistes et des fascistes. Il a participé à la tentative de prise de pouvoir de Routskoï et Rasboulatof en octobre 93, avant de rejoindre les troupes serbes du capitaine Dragan en Krajina après le bombardement du Parlement russe. De retour à Moscou à la faveur de l'amnistie des putschistes votée par l'alliance des députés communistes et d'extrême droite à la Douma.*

En comparaison, la biographie du Tchèque Karel Bogdan apparaissait d'une extrême fadeur. Âgé de soixante ans il s'était contenté d'écrire une trentaine de romans, une centaine de nouvelles ainsi qu'une série de films pour la télévision d'État. Vingt-cinq épisodes et autant de variations sur le thème du fantôme. Il avait créé l'a.t.e.m. en 1988 sous le contrôle de l'Union des écrivains tchécoslovaques, et était mort d'un cancer un an jour pour jour après la Révolution de velours dont il avait, apparemment, épousé les thèses. Drôle d'école littéraire, un mort, un légume, un mercenaire... Alain Cordier promettait une nouvelle salve de fax pour la fin d'après-midi. Novacek jeta un regard distrait aux titres du *Praha Post*, et se dirigea vers la douche.

Des camions aux bennes remplies de sel et de sable sillonnaient la ville, à vitesse réduite. Des employés de la voirie habillés de lourdes vestes de cuir, bottés, se tenaient debout à l'arrière et dispersaient des pelletées de sel sablé sur les chaussées. La circulation automobile était pratiquement nulle, et tous les Praguois s'étaient rabattus sur les transports en commun ou bien pataugeaient dans la boue des trottoirs. La ronde infernale des touristes n'avait pas encore débuté, seuls quelques groupes isolés stationnaient devant les bureaux de change et les magasins d'objets en cristal de Bohême. Il finit par trouver sa raclette au milieu d'une pile de vieux journaux abandonnés dans le coffre, et déshabilla la Volvo. La neige durcie par le froid vif du matin lui piquait l'extrémité des doigts. Il rejoignit la rue Narodni, au ralenti, traversa le fleuve et vint se ranger au même endroit que la veille, sur Janackovo, près des étals de la *Poissonnerie de la*

Baltique. Dans le hall du journal *En face* une jeune femme hissée sur la pointe de ses bottines rouges punaisait le tirage du jour sur un panneau garni de liège. Les mouvements de ses bras faisaient remonter sa jupe, découvrant la majeure partie de ses cuisses. Novacek risqua un regard sur le spectacle. Quand il redressa la tête, il rencontra le sourire pointilliste de l'hôtesse, derrière l'hygiaphone. Il s'approcha, souriant à son tour.

— Bonjour. Je voudrais savoir si M. Ostatek est arrivé ?

— Vous aviez rendez-vous ?

— Non, mais dites-lui que c'est un ancien collègue de *Libération* qui demande à le voir.

Elle décrocha le combiné du standard, pianota sur le clavier et échangea quelques mots à voix basse avec son correspondant.

— Son bureau est au deuxième... Il termine une réunion, et il vous rejoint.

Un vieil ascenseur poussif, cage en bois verni et grille de protection rétractable en métal noir, le hissa dans les étages. Il s'abîmait depuis un bon quart d'heure dans la contemplation des signatures tarabiscotées portées au bas des notes de service affichées sur la porte des toilettes, quand la voix d'Ostatek résonna dans le couloir. Les mots se bousculaient en tchèque, mais le ton était universel : celui de l'engueulade. Il n'avait pas beaucoup changé d'allure, toujours ce visage trompeur d'adolescent qui mettait en confiance, les cheveux coupés court, les petites lunettes cerclées de métal doré. Quand on l'avait devant soi pour la première fois, il paraissait évident qu'on détenait l'avantage... Il vous laissait venir, avec son regard d'enfant sage, et au premier virage vous coinçait contre la barrière. Le type qui en faisait l'expérience, ce matin-là, était une sorte d'enseigne publicitaire pour le libéralisme avancé : costume croisé prince-de-galles, gilet assorti, brushing, teint bronzé, attaché-case tenu du bout des doigts manucurés. Ostatek stoppa net en découvrant Novacek qui battait la semelle le long des cloisons. Il abandonna le yuppie tchèque comme s'il s'était agi d'une page des cours de la Bourse vieille d'une semaine.

— François ! Mais qu'est-ce que tu fous là ?

Il lui prit la main, l'attira contre lui pour l'accolade.

— Je suis à Prague pour quelques jours, et je me suis dit que si je ne venais pas te voir et que tu l'apprenais...

— Je t'aurais tué !

Novacek l'observa des pieds à la tête tout en riant.

— Tu n'as pas changé d'un iota...

— Comme on dit chez vous, à l'Est rien de nouveau... Ça fait combien de temps qu'on s'est serré la main pour la dernière fois ?

— Je n'aime pas beaucoup regarder dans le rétroviseur, mais je dirais six ou sept ans... Tu es parti alors que le canard était prêt à te faire passer de pigiste à journaliste en pied. Ils n'ont rien compris au film, dans les étages supérieurs...

— Je me suis installé à Nuremberg, pour me rapprocher d'ici... Il fallait préparer le terrain. En tout cas je me souviens que tu n'étais pas là à mon pot de départ. Monsieur prenait des vacances en Suisse...

Le poing de Novacek partit vers Osvald et s'ouvrit

en atteignant l'épaule pour se transformer en pichenette.

— Tu parles de vacances ! Je pistais un banquier genevois qui a la particularité d'être le légataire universel d'Hitler et de Goering, l'ancienne machine à laver le fric du F.L.N. pendant la guerre d'Algérie, puis le sponsor de la défense de Klaus Barbie et de tout ce que l'Afrique compte comme dirigeants corrompus. J'étais sur les genoux.

— Fallait pas y aller...

— Ça m'embêtait de penser qu'un type puisse payer ses cigarettes avec le fric des droits d'auteur de *Mein Kampf*.

L'homme déguisé en gagneur tenta de s'imposer, un sourire faux cul en guise de passeport. Il tendit une chemise contenant quelques feuillets agrafés. Osvald le congédia d'un revers de la main, et appuya sur le bouton d'appel de l'ascenseur.

— Je dois aller du bon côté de la Vltava... Je t'offre un verre en chemin...

Le type s'engagea dans l'escalier, jugeant préférable de ne pas être du voyage. Novacek le regardait au travers du grillage.

— Tu as été dur avec le self-made-man... C'est un de tes journalistes ?

— Tu rigoles ! C'est un chasseur de piges... J'en ai quinze chaque matin devant ma porte qui essaient de me placer le scoop du siècle. Lui, c'était l'interview d'un architecte qui vient de concevoir une borne d'urgence pour les sans-abri. Une sorte de sanisette autonettoyante équipée d'un bat-flanc, d'une réserve d'eau et d'un chauffage. Il avait tout, les plans de financement, les lettres d'encouragement des entreprises partenaires, les lieux d'implantation dans les coins les plus à l'écart du circuit Prague-Vision... Tu comprends, ici la seule industrie d'avenir, c'est le tourisme : difficile de prendre de bonnes photos souvenirs avec un laissé-pour-compte à l'arrière-plan.

Love F.M.

Dans le hall Osvald fit signe à un photographe de les suivre, et ils s'installèrent tous les trois dans la Volvo.

— Je le connais, son architecte avec ses bornes pour clodos. L'année dernière il se battait pour faire changer les bancs, dans les salles d'attente de tous les lieux publics. Il voulait les remplacer par des batteries de tabourets sur lesquels il était impossible de s'allonger pour dormir. Un homme en pleine possession de ses moyens tenait assis pendant un quart d'heure maximum... Il a fallu qu'un ministre menace d'en équiper les salons de la Présidence pour que le projet tombe à l'eau.

Novacek doubla un groupe d'ouvriers qui pelletaient la neige.

— C'est toujours plus facile de réduire les effets plutôt que de s'attaquer aux causes... Je prends le pont ?

— Oui, et tu tournes à gauche dès que tu peux... Pendant quarante ans on a élevé des statues, et ça ne faisait plaisir qu'aux pigeons... Là-bas sur la colline, juste avant la boucle du fleuve, un Staline de cinquante mètres de hauteur écrasait la ville et ses habitants... Ils ont mis des mois à le dynamiter, au début des années 60, après l'avoir emballé à la manière de Christo pour le soustraire aux regards. Si tu veux mon avis, ce sont les mêmes qui élèvent des mémoriaux aux tyrans et qui inventent des tabourets contre les pauvres... Il y a juste une petite différence...

Les roues droites de la Volvo longèrent les rails du tram. Novacek imprima quelques petites secousses au volant.

— Laquelle ?

— Le sculpteur du Staline n'a pas supporté la disparition de son chef-d'œuvre ; il s'est suicidé. Enfin, je ne vais pas t'emmerder avec tout ça... Je ne t'ai même pas demandé ce que tu faisais à Prague. Tu bosses sur un papier ?

— Non...

— Ne me dis pas que tu es venu en touriste !

Il bifurqua à droite sur un signe d'Osvald.

— Pas tout à fait, mais presque... J'ai laissé tomber le journalisme depuis un bon bout de temps...

— Et tu fais quoi ? Tour-operator ?

Il lui était toujours aussi difficile d'en parler avec ceux de sa vie d'avant. Il fixa la rue, droit devant lui.

— Je me suis mis à mon compte... Je suis... Je suis devenu détective privé... Voilà...

— Arrête tes conneries. Pas avec moi... Tu bosses pour quel canard ?

Novacek stoppa à un feu et vint se ranger contre une énorme Zil à l'arrière de laquelle un type lisait le journal, le regard absorbé par le spectacle des guerres, des cataclysmes, mais le corps protégé du monde par des vitres blindées et fumées.

— Je ne déconne pas. Je suis vraiment détective privé. Comme dans les films, sauf que je n'ai pas l'uniforme. Tu m'aurais cru immédiatement si j'avais porté l'imper et le chapeau !

Osvald lui frictionna le sommet du crâne à travers le bonnet acheté sur le pont Charles.

— N'importe comment, flic ou journaliste, c'est du pareil au même... Tu es là pour ton boulot ?

— Oui, et j'aimerais en discuter avec toi. Tu peux sûrement m'aider.

Ils se garèrent sur la place Mananske. Une cinquantaine de personnes se pressaient contre une vitrine ornée du logo d'une radio privée, Love 98 F.M. Le photographe descendit le premier. Il prit quelques clichés dans la rue puis pénétra dans l'immeuble à la suite d'Osvald. Dans le couloir un vigile leur ouvrit une porte qui donnait sur le vaste hall du rez-de-chaussée. Ils se retrouvèrent au milieu d'un appartement dont on avait enlevé les portes, sauf celle des toilettes, et dans lequel il était impossible d'échapper aux regards des curieux qui se pressaient sur le trottoir, derrière la baie vitrée qui occupait tout un côté du studio. Un jeune homme et une jeune femme, le torse moulé par un tee-shirt aux couleurs de la radio, suivaient un feuilleton à la télé. Ils se levèrent en voyant approcher Osvald. Le photographe grilla une pellicule entière pour immortaliser la rencontre, puis il s'éclipsa.

Peu de temps après Osvald et Novacek s'attablèrent devant une Pilsen. Les murs de la vieille taverne laissaient passer le tintement des cloches de la chapelle Bethléem, renforçant l'impression de quiétude provinciale du lieu. Novacek trempa ses lèvres dans la mousse compacte.

— Je n'ai pas tout compris, à la radio... C'est quoi, du porno « live » ?

— Non, ça ne va pas jusque-là ! Il y a des rideaux sur les côtés pour qu'ils puissent se mettre au lit tranquillement. En fait c'est un couple de jeunes mariés. Ils passent leur lune de miel en public, et s'ils tiennent pendant dix jours, ils gagnent de quoi meubler leur maison... C'est un coup de pub de la radio. Elle ne s'appelle pas Love F.M. pour rien. Les cobayes n'ont qu'une obligation, à part celle de rester dans l'aquarium : dire quelques mots à chacun des flashs d'info...

— Et toi ! qu'est-ce que tu as à voir avec ce cirque ?

— J'écris une chronique hebdomadaire, dans *En face*, fondée sur les bouleversements des mentalités, des comportements... À la fin de la semaine dernière, les gens en sont venus aux mains, devant la vitrine, quand des types ont déployé une banderole où ils avaient inscrit : « Fainéants, vous gagnez du fric sans rien faire »... J'essaie de comprendre. Le problème c'est que je ne réussis pas souvent... Parle-moi plutôt de ce que tu es venu faire chez moi.

Novacek s'était promis de ne pas se faire avoir, mais le geste d'Osvald avait été imperceptible, et le patron posa deux nouvelles bières entre eux.

— Ce n'est pas une boisson de détective : ça limite dangereusement l'autonomie...

Il lui expliqua en détail les circonstances de la disparition de Frédéric Doline, l'appel au secours de leur collègue commune, Nina l'ancienne claviste de *Libération*, la découverte de l'Association internationale des écrivains de mystère et de sa branche tchécoslovaque, pour finir par lui montrer le numéro de *Clep-*

sydre annonçant la tenue d'une réunion à Prague en février 89.

— Je suis convaincu que les journaux ont publié des comptes rendus, à l'époque. Le problème, c'est que je suis incapable de savoir quels canards, d'autant que toute la presse a été rebaptisée, et que même si j'avais une piste, je ne lis pas un traître mot de tchèque à part « Bank » et « McDonald »...

— Pour le premier, d'accord, mais le second j'ai toujours pensé que c'était du français. On peut tenter le coup à *Métamorphose*, ils ont hérité des locaux de l'Union des écrivains, et tels que je les connais ils ont dû conserver les archives de leur journal...

Ils sacrifièrent ensemble au culte de Jacob Delafon, et c'est en se séchant les mains sous l'appareil soufflant, après la prière, qu'ils purent découvrir deux messages complémentaires laissés par des touristes anglo-saxons :

TO BE OR NOT TO BE
(W. Shakespeare)
TOUBI TOUBI DOU
(Frank Sinatra)

L'immeuble abritant la revue *Métamorphose* se trouvait à quelques rues de la brasserie, en remontant vers la place de la Vieille Ville. Devant la façade jaune au crépi écaillé, deux policiers vérifiaient les papiers d'un punk, tandis qu'un de leurs collègues jetait des regards soupçonneux sur l'étui à guitare que le type serrait entre ses jambes. Osvald passa quelques coups de téléphone à des amis, dans les étages. Il finit par apprendre que tout ce qui concernait l'ancienne affectation des lieux avait été rassemblé dans les combles. Un retraité veillait sur des centaines de cartons de documents entassés au milieu de la vaste pièce, des piles de dossiers posées contre les murs. Il consulta minutieusement le cahier d'inventaire du dépôt, suivant les lignes manuscrites avec le doigt. D'après ses notes, les boîtes référencées HGK-N.L. renfermaient la collection complète de *Littérature nouvelle*, le journal de l'ex-Union des écrivains. Ils commencèrent à charrier les cartons bourrés de notes manuscrites, de rapports, de circulaires. Comme de juste celui qui les intéressait servait de piédestal à la pile la plus haute. Ils le dégagèrent, le hissèrent au-dessus des autres, puis Osvald le délesta de son contenu qu'il étala avec soin sur une table à tréteaux. Le numéro de janvier 1989 reproduisait à peu de chose près l'annonce de la réunion parue dans *Clepsydre*. Novacek compulsa fiévreusement le numéro suivant, sans rien trouver. La livraison de mars était beaucoup plus bavarde. La couverture, en couleurs, reproduisait un tableau de Paul Delvaux, *Le Rendez-vous d'Éphèse*. Les deux pages centrales étaient entièrement consacrées aux travaux de la Convention des écrivains de mystère. Un très long article, aéré par quelques sous-titres, encadrait une photo de groupe prise devant une statue représentant un taureau attaqué par des chiens. On distinguait au second plan la façade d'un château de style baroque. Novacek pointa un visage.

— Doline, tu vois c'est lui, le type qui s'appuie sur le socle... Et là, derrière, le mec qui se tient à l'écart, j'ai l'impression que je l'ai déjà rencontré quelque part... J'ignore encore ce que je cherche, mais je crois que lui doit le savoir... Qu'est-ce que ça raconte ?

— Le titre veut dire « Aux limites de la raison », ce qui était assez inhabituel dans ce genre de canard téléguidé, d'habitude ils parlaient plutôt du triomphe de la raison ! Je te rassure, le premier sous-titre recadre bien le propos : « Le rôle social de la littérature de mystère »... Je te le traduis ?

— Si tu attends que je lise le tchèque...

— D'accord. J'y vais... Dans le chapeau ils citent tous les participants, en faisant suivre leur nom du pays d'origine, du titre d'une œuvre, et éventuellement des prix littéraires et des distinctions... Ça commence là... *La littérature d'essence fantastique est une somme de mystères logiques qui se métamorphosent en énigme métaphysique par l'irruption d'événements en apparence surnaturels... Ces événements sont le fait de médiateurs externes (fantôme, vampire, monstre), ou internes (double, fantasme, inconscient)... S'il est précédé de textes précurseurs comme* Le Château d'Otrante *de Walpole en 1764, il n'apparaît véritablement en tant que genre codifié qu'au début du XIXe siècle.*

— D'Edgar Poe à Stephen King en trois feuillets... J'ai l'impression que leur journaliste a pompé son historique sur le Raymond et Compère de chez Bordas ! Ne te fatigue pas avec ça, va à l'essentiel, au factuel comme on dit maintenant dans les rédactions... Juste une question, avant. Ils parlent de Kafka ?

— Bien sûr que non...

Osvald parcourut rapidement les colonnes alignées par acquit de conscience.

— Tu sais, ils n'avaient pas la reconnaissance du ventre : jusqu'en novembre 89 sa maison de la ruelle d'Or était transformée en point de vente de cartes postales, alors qu'en fait, si on lit bien, c'était lui l'inventeur de leur régime... Ça devient plus concret après :

Au début de leur séjour d'une semaine en Tchécoslovaquie, du 13 au 21 février, nos amis écrivains ont été reçus par la municipalité de Prague, ils ont noué de nombreuses relations avec les ouvriers, les intellectuels de notre république socialiste, et ont ainsi eu tout le loisir de se rendre compte des efforts entrepris dans notre pays en faveur de l'éducation, du savoir et de la création. Les trois derniers jours ont été consacrés aux travaux de leur association, et l'Union des écrivains avait mis à leur disposition son château de Dobris situé sur la route de la Bohême du Sud, dans une plaine accueillante bordée par les eaux de la Vltava et de la Berounka. C'est dans ce cadre, au milieu des statues d'Ignatius Francis Platzer, dans les jardins que parcoururent Paul Eluard, Jorge Amado, Pablo Neruda, William Saroyan ou Ilya Ehrenburg, que nos amis ont décidé d'intensifier leurs efforts en faveur de la littérature de mystère, et de renforcer leur coopération...

— Ils écrivaient directement comme ça, ou bien ils disposaient d'un traducteur en langue de bois ?

— C'était différent selon les individus... J'en ai connu pour qui ça relevait purement et simplement de l'automatisme. Ils tartinaient leurs textes en mangeant, ou devant un film à la télé, comme si leur main appartenait à quelqu'un d'autre... C'est difficile à comprendre, mais à force, tu avais ça en toi... Il n'y a rien de plus terrible que de penser avec les mots de ton maître. Je continue ?

— Quand le vin est tiré, il faut boire le calice jusqu'à la lie...

— J'approche de la fin. *La séance de clôture a été présidée par le secrétaire d'État à la Culture, Antonin Brozovsky, auquel chacun des participants a tenu à présenter ses remerciements au nom des écrivains de son pays.* Après, chacun y va de son petit compliment.

Novacek se pencha par-dessus l'épaule d'Osvald.

— Tu connais le journaliste qui a signé le papier ?

— G. Novikowa ? Inconnu au bataillon ! Mais ça me surprendrait que les gens de *Métamorphose* ne possèdent rien à son sujet dans leurs fichiers...

Lascaux de papier

Ils passèrent des combles au sous-sol muni de l'exemplaire de *Littérature nouvelle*. Des ouvriers finissaient de démonter une antique rotative typo soviétique, tandis que d'autres installaient des cloisons amovibles pour aménager l'espace libéré en bureaux à l'américaine.

— Il n'y a plus que la rédaction dans l'immeuble. Ils travaillent avec la même imprimerie que nous, et toute la matière du journal est transférée aux machines par ordinateur... La pensée sans fil...

Les informations sensibles héritées de *Littérature nouvelle* étaient stockées dans une armoire métallique qu'une secrétaire mandatée par le rédacteur en chef leur ouvrit. Une conversation s'engagea entre elle et Osvald Ostatek, au terme de laquelle la jeune femme feuilleta quelques dossiers avant de lui tendre un formulaire au coin duquel un trombone rouillé retenait une photo.

— Qu'est-ce que c'est ?

— L'accréditation permanente de Galina Novikowa, née le 23 juin 1965 à Pilsen. Elle a l'air d'être assez bien fichue...

Novacek examina le cliché. Son regard longea la frange de cheveux blonds, les grands yeux clairs, puis il glissa sur le nez parfaitement symétrique pour se fixer sur la bouche légèrement ouverte.

— Assez bien fichue ? Elle n'a rien à envier à Kim Basinger !

La secrétaire se pencha pour dire quelques mots à Osvald.

— Je peux te laisser avec elle si je suis de trop...

— Markéta ne le parle pas, mais elle comprend un peu le français... Elle est d'accord avec toi, de l'extérieur c'est Kim Basinger, sauf qu'à l'intérieur ce serait plutôt Josef Urvalek...

— Inconnu au bataillon... C'est qui ?

— Le procureur qui a envoyé les dirigeants du pays à la potence, en 1952...

— Charmant ! Elle sait ce qu'elle est devenue, et où je peux la trouver ?

— Tu lui en demandes un peu trop, François. Laisse-moi faire : si la belle Galina est toujours à Prague, elle doit semer des regrets sur son passage...

L'homme présent sur la photo ne figurait pas dans le fichier des correspondants de la revue de l'Union des écrivains. Markéta fit une moue avant de le créditer d'un probable emploi d'*agent de sécurité affecté à l'accueil des délégations étrangères*, ce qui, décrypté par Osvald, se résumait en quatre lettres : flic. Ils arpentèrent le sous-sol, pendant que la jeune femme s'absentait pour faire les photocopies. Osvald était en admiration devant les vieilles presses à épreuves, les marbres, les linotypes avec leur hareng de plomb suspendu au-dessus de la fonderie, les formes ficelées, les outils de typographes. Novacek marchait le long du vestiaire. Des taches plus claires, sur le mur, marquaient l'emplacement des armoires métalliques. Quelques filles de calandres et de calendriers punaisées comme des papillons exhibaient leurs seins et leurs poils pubiens. La main d'Osvald s'abattit sur son épaule.

— Toujours célibataire, Novacek ?

Il se retourna, le sourire aux lèvres.

— Et toi, toujours aussi con ? Je suis marié à une toubib... Elle a tout de suite fait le bon diagnostic... Et toi, sérieusement ?

— Libre comme l'air. Quand la Tchécoslovaquie a rendu l'âme, ma femme a voulu retourner vivre à Bratislava. Il n'y a rien eu à faire... Elle voulait retrouver ses racines. Si je l'avais suivie, le mieux que je pouvais espérer dans le journalisme, en Slovaquie, c'était obtenir un poste d'apprenti balayeur... Et encore, par piston...

Un chauffe-gamelles renversé obstruait l'entrée d'une petite pièce attenante aux vestiaires, et qui devait faire office de cuisine. Novacek s'apprêtait à tourner les talons quand les posters qui tapissaient les murs attirèrent son attention. Il enjamba le bac en aluminium, la bouteille de gaz, pour venir coller son nez aux affichettes en couleurs représentant les clubs de football du championnat tchèque. Ils avaient tous des têtes de vainqueurs, ce qui s'expliquait par le simple fait que les photos étaient toujours prises *avant* le match... Il passa les ongles du pouce et de l'index sous la tête d'une punaise. Il la fit lentement venir à lui, puis recommença à chacun des angles. D'autres générations de joueurs, en noir et blanc, se cachaient derrière les formations chamarrées. Il s'aidait maintenant de la clef de contact de la Volvo. Osvald, intrigué par son manège, le regardait faire. Le papier jonchait le sol.

— Qu'est-ce que tu cherches ? Des peintures rupestres...

Novacek venait de se figer devant la double page intérieure jaunie d'un antique journal sportif. Onze types en short et maillot clairs, flanqués d'un autre vêtu de sombre, disposés sur deux rangées, les premiers accroupis, les seconds debout, fixaient l'objectif en écarquillant les yeux pour résister à l'éclair du flash.

— Tu peux me dire de quelle équipe il s'agit ?

Les semelles d'Osvald foulèrent les journaux jetés à terre.

— C'est l'Étoile rouge de Prague... À l'époque toutes les couleurs étaient rouges... D'après ce qu'il y a d'écrit en légende, ils ont remporté la coupe tchèque en 1953, avec Kryl comme goal, Bunzl au centre, Ladislas Mirotek à l'aile droite, Glosov à l'aile gauche... Tu les veux tous ?

— Non, ce n'est pas la peine... Ça me suffit. Et c'est quoi, l'Étoile rouge de Prague ?

— C'était le club de la police politique...

— Tu es sûr de ce que tu avances ?

— Oui, c'est de notoriété publique...

— C'était tous des flics ?

— Je n'ai pas dit ça, François. C'est un peu comme Marseille ou le Paris-Saint-Germain, le club appartient à la Ville, mais les joueurs viennent d'un peu partout... Brésil, Croatie, Suède, Angleterre... S'il n'y avait que des Marseillais ou que des Parisiens, ils joueraient en division d'honneur... L'Étoile rouge était un club de prestige, et, dès que les dirigeants repéraient un crack, ils n'avaient qu'à claquer des doigts pour obtenir son transfert...

Novacek décolla l'affichette avec soin, la plia et la glissa dans sa poche. Il déchira toutes les affichettes en quadrichromie qui subsistaient sur les murs sans plus rien mettre au jour qui retienne son attention. Quand il se retourna, la silhouette de la secrétaire se découpait dans l'encadrement de la porte. La jeune femme lui tendit les photocopies en portant sur lui un regard où la surprise et la compassion faisaient bon ménage.

Sur la place Mananske, les jeunes mariés de Love 98 F.M. prenaient un café derrière la vitre, et les spectateurs s'abritaient sous des parapluies dégoulinants de neige fondue. Une rumeur s'éleva de la foule quand ils s'embrassèrent à la demande de touristes danois désireux de donner un peu de piquant à leur série de photos de monuments. Osvald devait filer à un rendez-vous près de la gare Wilson-Principale. Il serra Novacek contre lui en promettant de le rappeler aussitôt qu'il aurait du nouveau sur Galina.

Dès qu'il fut dans sa chambre de l'*Europa*, le détective de la place Jean-Jaurès punaisa la feuille récupérée dans la cantine de *Littérature nouvelle*, et plaça en regard la photo sur laquelle son père posait au milieu d'une équipe tchèque, au bord de la pelouse du stade de Dzerjinski. Il ne figurait pas sur le journal, contrairement à d'autres joueurs, mais les maillots, les shorts, étaient les mêmes...

Les jardins ouvriers

Novacek avait tiré les rideaux et s'était étendu sur le lit, les yeux clos. Le long serpent bleu des Courtillières glissait sur un océan de verdure dont seule émergeait la flèche des bâtiments de *L'Illustration*. Un jour, à l'école, l'instituteur leur avait expliqué pourquoi les bâtiments ondulaient ainsi : la grue du chantier se promenait sur une voie de chemin de fer rectiligne, et tous les trente mètres le bras déposait les matériaux en traçant un demi-cercle dans le ciel. Une fois à droite, une fois à gauche, et la H.L.M. avançait à la manière d'un Indien.

Le jour le plus important de sa semaine, c'était le samedi. Il grimpait sur le rebord de la baignoire sabot, se hissait sur la pointe des pieds pour atteindre la minuscule fenêtre de la salle de bains qui donnait en direction du pont de pierre. Il reconnaissait sa silhouette entre cent, du premier coup d'œil. Dans son souvenir, c'était un géant. La silhouette longeait les hauts murs du cimetière parisien et attendait d'avoir dépassé l'école maternelle pour traverser les larges dalles de ciment juxtaposées grâce auxquelles l'avenue de son enfance n'était semblable à aucune autre.

127

C'était le signal. Il lui fallait dévaler les trois étages, la main en sécurité sur la rambarde noire, les yeux fixés sur le bout des galoches, pour ne pas tomber... Si sa mère ne le retenait pas pour vérifier un détail de sa tenue, un lacet trop lâche, un cache-nez oublié, il faisait irruption dans le hall à l'instant précis où son père arrivait. Les deux mains enserraient sa taille, sous le duffel-coat, il se sentait soulevé dans l'exact instant où son père pivotait pour un tour complet sur lui-même. Quand il reprenait contact avec le sol, légèrement étourdi, il tendait sa main qui disparaissait dans celle du géant. Ils marchaient à travers la cité, coupant par la diagonale des pelouses. Ils laissaient derrière eux le fort d'Aubervilliers qu'occupaient encore quelques soldats, et dans lequel, disait-on, des savants fous expérimentaient des produits bactériologiques sur des chiens, des chats, ce qui, rumeur complémentaire, expliquait les nombreuses disparitions d'animaux familiers du quartier. Le mur du stade de l'Association sportive de la Police parisienne commençait deux cents mètres plus loin, et les panneaux gris ciment servaient de support à tous les cris, toutes les révoltes, tous les mots d'ordre. « Non à de Gaulle », « Paix au Viêt Nam », « Votez Lolive », « Lisez *l'Humanité Rouge* », « La Ligue dissoute, le combat continue »... L'une de ces inscriptions le glaçait d'effroi : « Fusillez Salan. » Il avait longtemps pensé que l'exécution devait avoir lieu en public, à cet endroit même, et sa main se contractait dans celle du géant. Novacek se demanda, pour la première fois, si son intérêt pour les obscurs écrivains de chiottes ne venait pas de là, de ce mur longé à l'aller, au retour, chaque samedi de ses dix premières années. Au pied des tribunes ils retrouvaient Robert Delsarte, que tout le monde appelait Bob, et qui ne s'occupait pas encore de brocante. Après son boulot à la Préfecture il entraînait les minimes de l'A.S.P.P., des mômes de flics pour la plupart qui s'amusaient à revêtir les couleurs rouge et bleu du devoir, comme papa. Il se sentait plus à son aise avec les autres gamins de La Courneuve, d'Auber ou de Pantin qui, en plus du plaisir, voyaient dans le ballon un moyen d'échapper à l'usine. Bob parlait de Raymond Kopaszewski, de Just Fontaine, comme s'il leur avait distribué des balles gagnantes lors des matches de légende de l'équipe de Reims, en coupe d'Europe. Vers midi Bob et son père traversaient l'avenue et s'accoudaient au bar de *L'Imprévu* devant une bière. Lui avait droit à une paille-grenadine et à une pièce de un franc, une Semeuse qu'il glissait dans le monnayeur du scopitone. Bob avouait un faible pour les roucoulements de Nana Mouskouri, et il lui fallait le prendre de vitesse pour appuyer sur les touches commandant le départ de la chanson filmée des Chaussettes Noires, des Chats Sauvages, ou de Vigon and the Silver Stars. Ensuite, aux beaux jours, ils remontaient tous les trois jusqu'au carrefour des Huit-Cents pour s'enfoncer dans le labyrinthe végétal des jardins ouvriers. Ils retrouvaient tout un groupe d'Espagnols autour de barbecues sommaires, des grilles récupérées au hasard des chantiers et posées en équilibre sur quatre piles de briques. La fumée des saucisses, des merguez et des sardines flottait au-dessus des touffes de rhubarbe. Il se revoyait arrachant des carottes et les croquant en dessert après les avoir nettoyées dans l'eau de pluie qui emplissait les tonneaux. On buvait du kéfir et de la Valstar verte dont une caisse prenait le frais en permanence au fond d'un trou creusé dans la terre noire des banlieues. Tout le monde se séparait dans les effusions quand le soleil venait flirter avec le fronton du fort. Ils longeaient les clôtures jusqu'à l'avenue gris ciment. Quelquefois son père fredonnait une chanson, se laissait aller à prononcer quelques mots d'avant. Il n'en avait jamais appris davantage sur son passé. Ensuite la vie était entrée dans les brouillards. Il n'y avait plus rien entre ce bonheur et les visites à l'hôpital. La maladie lui avait volé ses samedis.

La sonnerie du téléphone brisa le fil des souvenirs. Il se releva et demeura assis sur le bord du lit plusieurs secondes avant de trouver le courage de tendre le bras. La voix enjouée de Bob résonnait dans le plastique.

— Qu'est-ce qu'il t'arrive, François ? Tu as le mal du pays...

— Non, je m'endormais. Il fait un froid de canard, ça te brûle toute ton énergie rien qu'à respirer... Toi par contre, c'est la forme !

— Il y a de quoi... Tu te souviens du bahut que j'avais remisé dans le fond, à côté de la vaisselle ?

— Le buffet de Jack l'Éventreur ? Ne me dis pas que tu as réussi à fourguer cette merde ?

— Eh bien si ! Le type d'une production télé... Ils cherchaient un truc dans le genre pour décorer la maison de campagne de Nestor Burma.

— Tu es sûr d'avoir tout compris : Nestor Burma n'a jamais eu de maison de campagne !

— Dans les livres, non, mais dans les téléfilms si... À part ça, j'ai fouillé dans mes vieux papiers, et j'ai retrouvé le nom de quelqu'un dont ton père m'avait parlé. Un Tchèque. Je crois bien que c'était la seule personne en qui il avait encore confiance là-bas... En tout cas il en disait du bien.

Les battements du cœur de Novacek s'accélérèrent. Il se leva pour marcher un peu à travers la pièce, traînant le fil du téléphone. Il resta silencieux.

— Je ne sais pas s'il est encore vivant, mais ça vaut le coup d'essayer... Il s'appelait Mirotek... Je n'ai que l'initiale de son prénom, c'est un L, comme Louise...

Novacek s'arrêta devant la double page arrachée au mur de l'imprimerie de *Littérature nouvelle*.

— Non, L comme Ladislas... Ladislas Mirotek...

La surprise de Bob n'était pas feinte.

— Tu le connais ?

— Il jouait comme ailier droit dans l'équipe de l'Étoile rouge de Prague, en 1953... Et tu sais ce que c'était, l'Étoile rouge à cette époque ?

— Non, comment veux-tu que je le sache ?

— J'ai toujours cru que le foot et toi ça ne faisait qu'un... L'Étoile rouge, c'était le club de la police politique... C'est drôle que ce soit justement toi qui m'en parles, non ?

— Je ne comprends pas où tu veux en venir, François. J'aime bien fouiller dans les papiers des autres, mais pas dans les miens... Si je m'y suis mis, c'était pour te rendre service...

Novacek laissa retomber la pression. Ils se séparèrent sans se dire qu'ils s'embrassaient, par pudeur. Novacek se déshabilla. Toute l'eau du monde lui coula sur les épaules, emportant avec elle le plus lourd de ce qu'elles supportaient. Il n'eut pas le courage de rester seul. Il essaya de se perdre dans la foule pour finir par échouer devant un néon bleu, au fond d'un passage. Une fille lasse lui souriait mécaniquement au seuil du salon de massage. Il posa la main sur son épaule nue, comme pour s'excuser, et tourna les talons. Trois Vietnamiens habillés de gris, visages fermés, portant à bout de bras des paquets entourés de ficelle se pressaient vers le métro pour rejoindre une banlieue du bout du monde. Ils étaient venus par dizaines de milliers, après la guerre contre les États-Unis, pour rembourser de leur sueur l'aide fraternelle apportée à leur peuple par la Tchécoslovaquie socialiste. Ils se vivaient alors en héros, et s'étaient contentés de baisser les yeux en découvrant que toutes les guerres ne sont pas officiellement déclarées, et qu'on leur avait installé des douches, des vestiaires séparés, dans les usines. Les ouvriers du cru craignaient les microbes, les virus exotiques.

De retour à l'hôtel il appela Nadège. Ils parlèrent longuement, sans prononcer un seul mot important, de ce qui constituait l'essentiel de leur vie : s'être rencontrés.

Le chemin des vaches

Un soleil blafard baignait la place Wenceslas quand Novacek poussa la porte de l'*Europa* pour se rendre dans un café de la Vieille Ville où, tôt le matin, Osvald lui avait donné rendez-vous. La lumière tombait droite, annulant les ombres. La réverbération interdisait de lever les yeux sur les toits recouverts de neige. Il se fraya un chemin au milieu des touristes organisés en sections de cinquante qui pataugeaient déjà, guides en main, à la recherche d'un angle de prise de vue. Diapoland, Camescopecity, Kodakheim, Nikonville, Leicagrad... Prague n'était plus dans Prague mais dans l'objectif. Il trouva son ami en tête à tête avec une bière, relisant dans le *En face* du jour l'article qu'il avait consacré au voyage de noces en train de se poursuivre dans le peep-show radiophonique de la place Mananske. Il commanda un café, au passage, s'installa sur la banquette en moleskine et ils attendirent que le percolateur se soit apaisé pour entamer la conversation. Un miroir incliné, derrière Osvald, renvoyait le spectacle de la rue. Cela lui fit penser à Guy Bedos racontant que, lorsqu'il pénétrait dans un restaurant où Alain Delon occupait déjà une table, il faisait en sorte que sa place ne soit pas dans la trajectoire des balles.

— Tu as du nouveau ?

— Le télex du journal vomit du nouveau à longueur d'année, mais quand on regarde de près on ne voit plus que les rides...

Novacek éplucha son sucre.

— Qu'est-ce qu'il t'arrive ? Tu es tombé sur une version tchèque de Marguerite Duras, ou c'est la bière qui n'est pas à ton goût ?

Il souleva son verre.

— Ici la Prazan est irréprochable ! J'ai vraiment eu du mal à retrouver la trace de ta Galina Novikowa... Elle a totalement rompu avec le milieu du journalisme et de l'édition après la chute de ses amis, en novembre 89. Elle s'est même mariée, pour changer de nom. Maintenant c'est Galina Smenatova. Elle habite à Haje, dans la périphérie. Avant on appelait ça la cité des Cosmonautes. Et elle travaille pour une association de réinsertion des jeunes drogués... Une fondation privée, Narcostop...

— C'est devenu un problème, la came ?

— On n'a pas mis longtemps à rattraper la norme européenne ! Il y a des secteurs pour lesquels il faut faire confiance à la nature humaine... Tu as de quoi noter ?

Novacek retourna le sous-bock.

— Je t'écoute.

— À Haje elle crèche dans la tour n° 12, au quatorzième étage. Tu ne peux pas te tromper, c'est juste à côté du terminus du métro, et les sommets des tours 12 et 13 sont réunis par une passerelle vitrée... Le centre d'accueil de la fondation se trouve dans le

même coin, en limite de la zone à urbaniser de Milicov, rue Exnarova...

— Je crois que je vais aller y faire un tour.

Osvald renversa la tête pour boire les dernières
gouttes de bière. Le père d'Alain Cordier avait une
expression pour ce geste, « assécher le petit », qu'il
fallait ensuite « rhabiller » si la soif perdurait.

— Je serais bien venu avec toi, mais j'ai lancé pas
mal d'invitations pour ce soir, et il faut que je fasse les
courses et que je prépare si je veux rester à hauteur de
ma réputation... Passe à la maison à partir de dix
heures, il devrait y avoir un sacré paquet de jolies
filles...

— Je te promets d'être là et de m'en occuper s'il
me reste assez de forces après ma rencontre avec
Galina. Une dernière chose : tu te souviens de la photo
de l'équipe de l'Étoile rouge, hier...

Osvald se contenta d'un signe d'assentiment.

— Il y a un des types qui m'intéresse plus particulièrement, l'ailier droit, Ladislas Mirotek... Tu
pourrais fouiller dans tes papiers ?

— Je ne veux pas te décevoir, mais les sportifs ça
n'est pas mon rayon : je connais le résultat d'avance...

Novacek récupéra sa Volvo garée à l'extrémité de
la place Wenceslas. Il s'engagea sur l'autoroute
urbaine par l'échangeur caché derrière le musée. Le
béton des quatre voies de la Wilsonova, coulé au
cœur d'anciens quartiers, datait de l'époque où, à
Paris, on projetait de recouvrir le canal Saint-Martin
pour en faire une diagonale rapide. La déception des
ingénieurs français était largement compensée par la
réussite éclatante de leurs homologues praguois. Il
traversa des infinités grises de banlieues qu'agré-

mentaient quelques trouées de verdure, des parcs, des souvenirs de campagne, des lambeaux de forêt. La station terminale du métro, place Kosmonautu, marquait la limite provisoire de l'offensive hachélème. D'interminables palissades enserraient les terres vierges en direction de Kreslice, de Petrovice. Les tours siamoises étaient visibles de loin. Il vint se garer sur un parking battu par le vent, au pied d'un hôtel international échoué là, en vertu d'on ne sait quelle stratégie de développement touristique, et où manœuvrait un car pullman flambant neuf. À droite de la porte d'entrée de la tour n° 12 un interphone géant muni d'une centaine de touches, vestige d'un temps d'utopie régulatrice, exhibait ses boyaux électriques, ses contacteurs noircis par le feu. La rage des laissés pour solde de tout compte avait épargné quelques boîtes aux lettres, dont celle de Galina Novikowa-Smenatova. Il partagea l'ascenseur avec une vieille femme accablée de cabas d'où montaient des odeurs maraîchères de terre humide et de légumes verts. L'ex-journaliste de *Littérature nouvelle* n'était pas là. Une gamine d'une dizaine d'années lui expliqua tant bien que mal que sa mère était partie travailler.

La rue Exnarova se trouvait de l'autre côté de la gare terminale, derrière un long bâtiment en forme de bateau, plus porte-conteneurs que navire de croisière, dont le rez-de-chaussée était occupé par une multitude de petits commerces. Épiceries, coiffeurs, réparateurs d'électroménager, cordonniers, alignaient leurs enseignes clinquantes. Des enfants façonnaient en forme de bonhomme la neige prélevée autour d'un piédestal vide qui trônait au milieu d'une pelouse cabossée. Novacek emprunta « le chemin des vaches », cette trace de terre foulée qui dans toutes les cités du monde contredit le trait d'encre autoritaire des architectes. L'ombre grise que lui faisait le soleil d'hiver ondulait interminablement sur les palissades enserrant les terrains promis au béton brut. Les lettres de Narcostop au cœur d'une flèche peinte au pochoir indiquaient la direction du centre de désintoxication. Il s'approcha de la maison, un pavillon de deux étages perché sur une butte, qui dominait les premières terres agricoles de la périphérie et la retenue d'eau de Vrah. Une fille aux cheveux filasse clopait, adossée à la main courante du perron. Toute la scène rock heavy-metal figurait au feutre sur le tissu de son jean. Une partie d'A.C.D.C. disparaissait dans les déchirures, aux genoux. Elle le toisa et un sourire niais s'afficha sur son visage. Quatre jeunes types habillés par le même tailleur martyrisaient un baby-foot, dans le hall. La peinture des murs disparaissait sous la prolifération des messages anti-came, anti-sida, la poudre et le bubon confondus sous le terme générique de « speed ». Novacek poussa la porte vitrée du bureau de l'administration. Un homme d'une trentaine d'années chuchotait dans un téléphone tout en piochant des trombones dans une boîte posée devant lui afin de dessiner des fleurs naïves sur le plateau acajou. Il en fit de quoi composer un gros bouquet avant de remettre le combiné sur son support et de s'intéresser à son visiteur. Il observa Novacek de ses yeux de myope, en silence, le temps d'essuyer ses verres de lunettes avec l'un des pans de sa blouse blanche.

— Bonjour. Vous venez pour quoi ?

— Je m'appelle Louis Andrieux... Je suis journa-

liste et je travaille pour *Le Quotidien du médecin*...
Nous réalisons actuellement un dossier sur les politiques européennes de prévention des risques de la toxicomanie, et je suis plus particulièrement chargé de rédiger la partie concernant la République tchèque et la Pologne...

L'homme balaya d'un revers de main la végétation qu'il avait mis tant de temps à faire apparaître, rassembla les trombones et les fit glisser de la paume de sa main dans la boîte, comme un sable métallique.

— Les problèmes sont très différents... Les Polonais se bricolent des drogues locales comme on fait de la vodka de contrebande, tandis qu'ici nous sommes confrontés à un trafic comparable à celui des pays développés... Aussi bien pour les quantités que pour la qualité des produits. C'est une différence fondamentale.

Novacek approuva d'un mouvement de tête et sortit son calepin.

— J'en ai bien conscience et cela me fait plaisir de l'entendre de votre bouche... On m'a demandé d'interviewer Mme Galina Smenatova... Vous pensez que ce sera possible assez rapidement ?

Le toubib se leva et contourna son bureau. Novacek put lire le nom porté sur la réglette, au-dessus de la poche, « Docteur Pacateli ».

— Vous ne pouviez pas mieux tomber : elle vient d'arriver.

Les fresques hallucinogènes

Ils s'engagèrent dans l'escalier étroit qui menait aux étages. Une fresque bariolée occupait le mur courbe, débordait sur le plafond. Une sorte de jungle impénétrable, sombre, éclairée de-ci, de-là par des fleurs écloses au cœur desquelles l'on reconnaissait les visages de personnages célèbres. La Petite Boutique des Honneurs... Martin Luther King côtoyait Mick Jagger, Dubček faisait de l'œil à Droopy, Einstein tirait la langue à Mickey, Castro saluait Pablo Escobar, Kennedy levait les bras vers Marilyn Monroe, Michaël Jackson entouré de sept nains-pétales pointait le doigt vers Madonna... Novacek manqua la dernière marche, l'esprit accaparé par une plante carnivore qui s'attaquait à la deuxième moitié du sourire de Vaclav Havel. Il se retrouva à quatre pattes, les deux mains à plat sur les lattes du palier, les yeux braqués sur de fins escarpins acérés dont les brides mordaient légèrement une peau claire. Son regard suivit la ligne gracieuse d'un pied, remonta jusqu'au genou, franchit la ligne sombre d'une jupe de cuir, pour apercevoir, l'espace d'une fraction de seconde, l'ovale d'un visage niché au creux des formes rondes qui gonflaient un pull de laine angora. Il se rétablit tant bien que mal, se frotta les paumes tout en effaçant l'obstacle à la seconde tentative. Le Dr Pacateli n'avait prêté aucune attention à l'incident, occupé qu'il était à épier le moindre battement de cil de la femme qui se tenait devant eux.

— M. Andrieux est journaliste... Il souhaite vous entendre parler de ce que nous faisons ici, à Milicov...

Novacek respira lentement pour faire refluer la rougeur qu'il sentait s'installer sur ses joues, son front. Galina Smenatova lui tendit la main. Il ne songea pas un instant à Kim Basinger, à Michele Pfeiffer, ou à Claudia Schiffer... Il se demanda simplement s'il lui serait possible de faire autre chose que des bouquets de marguerites en trombones métalliques s'il était condamné à demeurer dans le sillage d'une telle créature. Elle dut surprendre le sens de ses pensées car elle humecta ses lèvres de telle façon qu'on ne pouvait que conclure que sa langue ne servait pas seulement à parler. Pacateli avait fait les présentations, et il redescendait déjà, passant en revue les personnalités végétales. Galina Smenatova ne disposait que de peu de temps, un rendez-vous au ministère de la Santé, une intervention à préparer pour un colloque... Elle proposa de lui expliquer la démarche de l'équipe de Narcostop tout en visitant le centre. Ils entrèrent dans la première chambre équipée comme toutes les autres de quatre lits. La seule occupante présente qui répondait au nom de Valenta était plongée dans la lecture d'un magazine de cinéma, et c'est tout juste si elle prêta attention à leur irruption. Novacek vint se placer face au mur pour déchiffrer les pages de livre collées soigneusement côte à côte qui constituaient le décor gris de la pièce.

— Nous appliquons un programme expérimental de substitution basé sur l'accueil et le contact permanents avec les malades... Notre originalité est de coupler le suivi médical et un soutien psychologique.

— Ils arrivent ici de quelle manière ? La justice vous les envoie...

Elle tira le rideau pour lui montrer la fille aux cheveux jaunes qui se goudronnait les poumons, assise sur l'une des marches du perron.

— Non, tout se fait sur la base du volontariat... Elle, ça fait deux jours qu'elle rôde autour du centre... Nous pourrions aller la prendre par la main et l'installer dans un coin... Nous pensons qu'il vaut mieux attendre qu'elle ait décidé de franchir les derniers mètres qui lui restent... La distance géographique ne correspond pas souvent avec l'écart mental...

Il s'éloigna de la fenêtre et désigna le livre éparpillé sur les parois.

— C'est vous qui choisissez la décoration ?

Novacek préféra contempler la pointe de ses souliers quand son visage légèrement penché sur le côté s'illumina d'un sourire.

— Non, cela fait également partie de la méthode. Nous constituons des groupes de quatre personnes qui suivent tout le traitement ensemble. Quand elles arrivent dans le centre, elles décident de leur environnement, de leur univers... Ici elles ont choisi d'être entourées par les mémoires et les paroles des chansons du leader des Doors, Jim Morrison...

Elle l'entraîna dans une autre chambre, au même étage. Les quatre toxicos disputaient une partie de scrabble devant une télé d'où s'échappait un flot de slogans publicitaires. Les murs, blancs, étaient parsemés de taches rondes, rouges, faites avec la pointe d'une brosse. Une sorte d'oursin proliférant... Au-dessus d'un des lits, un peintre malhabile avait dessiné un corps allongé, de travers. Un visage aux yeux clos. La forme humaine avait été délimitée par quatre tasseaux cloués dans le plâtre, et sur lesquels était agrafée une plaque de plexiglas. Des coulées de peinture écarlate maculaient les parois de la baignoire. Galina précéda la question de Novacek.

— Personne n'ose y toucher... Ils s'installent et font semblant de ne plus le voir. C'était un des tout premiers pensionnaires de Narcostop... Un peintre qui venait de Krizany, il s'appelait Hladik et il était atteint du sida. Il a peint la maladie, il a représenté le seul avenir qu'il lui restait, puis il est mort...

Novacek tourna les talons. Il avait envie de quitter la pièce au plus tôt. Il avança vers le couloir.

— Et si quelqu'un décidait de tout effacer ?

— Nous le laisserions faire, bien entendu. Mais je n'imagine pas qui aurait assez de force pour cela. Ce serait sûrement quelqu'un de terrifiant...

Elle lui offrit un café au distributeur installé sur le palier, et se lança dans un discours farci de termes médicaux, ne laissant à Novacek que la possibilité de hocher la tête en émettant quelques « Oui, oui » défensifs. Elle lui fit visiter le dernier niveau, quatre chambres lambrissées aménagées dans le vaste grenier de la bâtisse. Les fenêtres circulaires ouvraient, au-delà des parcelles dévolues aux futures cités, sur le parc et le bassin de Milicov. Elle baissa le volume d'une énorme radio « System-sound » qui diffusait un sketch insipide de Karel Höger dans lequel il était question de la manière correcte de boire un vin millé-

142

simé, et se tourna vers lui. Ses cheveux mi-longs épousèrent le mouvement de son buste, au ralenti, et vinrent battre son cou.

— Cela m'intéresserait beaucoup, monsieur Andrieux, de savoir comment vous avez eu l'idée de vous adresser à moi pour cette enquête ?

Novacek se racla la gorge.

— C'est très simple... J'ai aidé l'un de mes amis à écrire un roman qui met en scène une communauté de drogués... Enfin je ne m'occupais que de la remise en forme, de l'unification du style, et quand mon journal m'a demandé de travailler sur le problème je me suis remis en contact avec lui...

— D'accord, mais cela ne répond pas à ma question... Pourquoi moi ?

Il afficha sur ses traits ce qui, mentalement, lui semblait être le sourire le plus niais de sa panoplie.

— Tout simplement parce que cet ami écrivain vous a rencontrée à Prague il y a quelques années...

Elle fronça les sourcils, et Novacek sentit que tout le corps de Galina Smenatova se mettait en éveil.

— Ah oui ? Je ne me souviens pas... Qui est-ce ?

Elle avait relevé le volume sonore de la radio. La voix criarde de Nina Hagen se mit à agacer les amplis. Ils sortirent sur le palier.

— Frédéric Doline... Il publie surtout des romans fantastiques ou de la science-fiction... Il ne m'a pas donné beaucoup de détails, simplement qu'il vous connaissait assez bien... Pour être franc, il avait été très impressionné par votre charme... Et j'ai compris le choc qu'il avait ressenti en arrivant ici...

Le compliment fit passer l'ombre d'un sourire sur

son visage. Les yeux, fixes, cherchaient à connaître la règle secrète du nouveau jeu auquel ils s'adonnaient.

— Vous êtes certain de ne pas faire erreur ?

— Non, mademoiselle Novikowa... C'est bien ainsi que vous vous appeliez, à votre époque « journaliste » ?

Les mots sifflèrent entre ses lèvres.

— Qu'est-ce que vous me voulez ?

— À vous ? Rien ! Frédéric Doline est revenu en République tchèque, il y a quelques semaines. Il a franchi la frontière et depuis il ne donne plus aucun signe de vie... À personne. Ça ne lui ressemble absolument pas, d'autant qu'il a une gamine un peu plus petite que la vôtre... Je veux seulement savoir si vous l'avez revu ces derniers temps, ou s'il a repris contact avec vous, d'une manière ou d'une autre...

Elle recula pour appuyer son dos à une poutre.

— Écoutez, monsieur Andrieux, je sais exactement ce que j'ai fait avant la Révolution de velours, je connais le moindre de mes actes, je me souviens de chacun des mots que j'ai écrits dans *Littérature nouvelle*... Je faisais comme à peu près tous les gens ordinaires de ce pays, je naviguais au plus près, et je mentirais si je vous affirmais que j'ai su éviter tous les écueils... En tout cas si j'ai fait des concessions, je n'ai jamais trahi ma conscience...

Novacek sentait que la situation lui échappait.

— Je ne suis pas là pour vous juger, je cherche uniquement à retrouver la trace de Frédéric Doline.

— Je l'ai interviewé en coup de vent, au tout début de 1989 lors d'une rencontre d'écrivains qui se déroulait au château Dobris... Il ne m'a laissé aucun souvenir, sinon qu'il ne valait pas plus cher que les autres...

Et je vous assure que je n'en ai plus jamais entendu parler depuis...

— Qu'est-ce que ça veut dire, en clair, « qu'il ne valait pas plus cher que les autres » ?

— Rien, cela m'a échappé... C'est du passé, mort et enterré... Je ne veux plus en entendre parler, et, si j'étais à votre place, je laisserais tout tomber. On ne gagne rien à remuer la boue.

Elle le dévisagea presque affectueusement.

— Cette enquête sur les drogués, c'était un prétexte, non ? Vous êtes quoi en vérité ?

— Je ne sais plus trop, mais avant j'étais journaliste. Comme vous...

Le parking
des anciennes gloires

Il venait de dépasser la palissade qui le protégeait du vent et, pour éviter de patauger dans la neige argileuse, Novacek marchait sur un étroit ruban d'asphalte, vestige d'une route abandonnée, quand il aperçut la lourde carrosserie de la Moksvitch, garée sur le bas-côté à une centaine de mètres. Ce qui l'intrigua, ce fut l'absence de silhouette derrière le pare-brise alors qu'un filet de fumée bleutée sortait du pot d'échappement. Il chercha le conducteur des yeux, par réflexe, mais personne ne se soulageait à des kilomètres à la ronde. Il continua d'avancer vers le ciel crénelé par les tours de Haje. La voiture se mit en mouvement quand il ne fut plus qu'à une cinquantaine de mètres. Le type lança la première à fond et accrocha la seconde sans même prendre le soin de débrayer. La mécanique hurla, les roues patinèrent dans les ornières faisant gicler la boue par seaux entiers. Novacek s'immobilisa, fasciné par la calandre chromée monstrueuse qui fonçait droit sur lui. Il se jeta sur le côté au dernier moment, le souffle du passage l'accompagna alors qu'il s'étalait sur de vieilles tiges de maïs séchées qui se brisèrent en émettant des claquements secs. Les feux arrière de la Moksvitch s'étaient allumés.

Il se releva alors que le conducteur opérait un demi-tour rageur. Une sorte d'immense parking occupait le creux d'une petite vallée au fond de laquelle coulait une rivière qui allait gonfler le cours de la Botic. La barre de béton masquée par le repli du terrain était invisible de la route. Novacek se lança vers ce qui lui apparut comme son seul refuge, mais au troisième pas la terre agricole gorgée d'eau aspira sa chaussure gauche. Il se retourna et reconnut l'homme à casquette et loden gris qui l'avait suivi dans tout Mala Strana alors qu'il sortait de la librairie du passage Johannes Kepler. Il était descendu de sa voiture et se tenait près du capot, un pistolet dans la main. Il se cassa en deux, les coudes en appui sur la tôle vernie. Novacek parvint à faire quelques enjambées ponctuées par d'écœurants bruits de succion. Il n'entendit pas la détonation dispersée par le vent, il vit simplement une motte de terre exploser dix pas devant lui. La peur le plaqua au sol. Il rampa sur la surface visqueuse parsemée de chaumes durcis qui lui griffaient le visage. D'autres balles labourèrent la terre, mais il était maintenant hors de portée du tueur et les tirs devenaient de plus en plus imprécis. Parvenu au pied du blockhaus il se redressa. La Moksvitch filait sur la route. Elle vira à gauche et se mit à cahoter sur un chemin de campagne qui après quelques boucles débouchait sur la construction. Novacek gratta à l'aide d'un morceau de fer plat la gangue de terre amoureuse dans laquelle disparaissait sa chaussure rescapée. Il longea le mur humide et gris sur une centaine de mètres avant de trouver la première porte, une plaque métallique renforcée par de grossières cornières et protégée par une serrure archaïque qu'un seul regard suffisait à juger comme inviolable. Il essaya tout de même, contre toute logique, de se servir de son morceau de ferraille pour faire levier entre le mur et les renforts. L'outil improvisé se tordit sous la pression comme s'il s'était agi de plomb. Le vent lui apporta l'écho d'un crissement de pneus sur l'aire d'accès. Il courut se mettre à l'abri, à l'exact opposé du danger, et c'est en levant les yeux sur la façade arrière qu'il découvrit une fenêtre ouverte, trente centimètres au-dessus de l'extrémité de ses bras levés.

Il traîna une vieille poubelle à roulettes sous l'ouverture et pénétra dans le hangar, laissant sur le mur d'évidentes traînées de boue. Du rebord il se lança dans l'obscurité pour atterrir, deux mètres plus bas, sur une pile de cartons qui vacilla avant de s'écrouler dans un bruit de vaisselle brisée. Il attendit que le tumulte se soit apaisé et que ses yeux s'habituent à la pénombre pour se déplacer en gardant le rectangle de lumière dans son champ de vision. Le couvercle de la poubelle couina de l'autre côté de la cloison. Il heurta soudain, de la hanche, un objet qui faillit tomber. Il le rattrapa, d'un mouvement réflexe, et sentit sous ses mains la forme d'un crâne chauve. Ses doigts effleurèrent l'arrondi des yeux, la barre du nez, l'ourlé des lèvres, puis dessinèrent le contour du menton sur lequel prenait naissance une barbe minuscule. La silhouette de l'homme au loden occulta la percée lumineuse. Il le vit s'agripper à l'arête de béton et descendre le long du mur avec une souplesse inquiétante. Novacek se pencha vers l'objet froid qu'il tenait entre ses paumes et reconnut un buste de Lénine juché sur une sorte de pied en bois. Il pouvait maintenant écarquiller les yeux et identifier toutes les ombres qui l'entouraient. Les statues et les portraits de Lénine, Staline, Brejnev, Gottwald, Novotný, Husák, reproduits à des dizaines d'exemplaires chacun, peuplaient le hangar. Le parking des vieilles gloires. Des chats s'étaient répartis le soyeux d'une montagne de drapeaux écarlates qui prenait naissance dans un coin du bâtiment, des mots d'ordre dépassés claquaient sur des banderoles, des étoiles rouges brillaient au milieu d'un fouillis de faucilles et de marteaux argentés. Un Karl Marx géant, désabusé, peint à la manière des toiles apposées au fronton des cinémas, semblait contempler le désastre de sa pensée. Novacek slaloma entre les effigies des dictateurs prolétariens, des souverains limités, des chantres de l'aide fraternelle, en évitant de les renverser afin de ne pas attirer l'attention du tueur lancé à ses trousses. Un Todor Jivkov de plâtre, obèse, s'en fit le complice : il oscilla de manière imperceptible au passage du fuyard mais l'assise trop étroite du personnage le déséquilibra. La représentation du président bulgare explosa à ses pieds. Une courte flamme bleutée illumina la pile défaite de cartons, et simultanément la tête d'un quelconque Husák se volatilisa à moins de deux mètres de lui. Il ne put retenir un hurlement de douleur en marchant, du côté dépourvu de chaussure, sur un stock de pin's militants qui s'étaient échappés d'une boîte éventrée. Une seconde balle arracha la joue gauche d'un antique Gomulka. L'homme au loden progressait maintenant dans l'allée centrale, ses semelles de crêpe crissaient sur le sol recouvert d'une peinture plastique. Novacek s'arma d'une hampe de drapeau à la pointe acérée. Il déchira le tissu rouge à la limite du bois qu'il saisit à deux mains, à la manière d'un filde-fériste. Il se mit à courir droit devant lui, jetant à terre dans son sillage tous les grands de l'Est. Derrière, le doigt se crispa sept fois sur l'automatique, mais aucun projectile ne parvint à atteindre sa cible. Novacek comprit que le chargeur était vide. Il se redressa et se jeta dans un véritable mur de livres ; les volumes s'effondrèrent par centaines. Une avalanche d'œuvres complètes, un déluge de traités, un raz de marée de textes de vulgarisation... Il se fraya un chemin au milieu d'une palette éparpillée de *Matérialisme histo-rique et matérialisme dialectique*. Il s'engouffra dans une sorte de petite pièce dissimulée par les bouquins, et qui devait servir de bureau au gardien. La porte qui y donnait accès depuis l'extérieur était maintenue fer-mée par une simple targette. Il la poussa et se retrouva sur l'aire d'accès, près de la Moksvitch.

Novacek tenta d'ouvrir les portières, en vain, et prit le temps de casser le pare-brise à l'aide d'un bloc de béton de la grosseur d'une pastèque. Il roula dans un profond fossé creusé le long de l'entrepôt, buta contre un muret qu'il escalada, arrachant ses vêtements aux tessons de bouteilles sertis dans le béton, et se laissa tomber de l'autre côté. Il risqua un regard. Le tueur venait de sortir par la porte métallique et il évaluait les solutions de fuite du gibier. Le spectacle du pare-brise enfoncé, avec la pierre au milieu de la toile d'araignée dessinée par le verre Securit, lui arracha un juron. Le bruit d'un moteur à la peine attira son attention. Un camion de la voirie torturait ses amortisseurs dans les nids-de-poule du chemin. L'homme jeta la pierre au loin, arracha le pare-brise qu'il balança sur la banquette arrière de la Moksvitch puis il enfonça sa casquette sur son front, releva son col avant de repartir par où il était venu, faisant jaillir au passage une gerbe d'eau jaunâtre sur la carrosserie du camion-benne.

Novacek progressait à travers un bois de bouleaux au sol spongieux. Il poussa la porte rouillée d'une grille, remonta une allée gravillonnée. Des bancs de ciment se faisaient face, tous les trente ou quarante mètres. Il sursauta en voyant le premier locataire du parc, un vieillard perdu dans un manteau flottant, et tenta de se composer un air détaché, malgré la boue qui durcissait ses vêtements, la chaussure manquante qui l'obligeait à claudiquer... Le vieil homme fit comme s'il ne l'avait pas vu. Il sortit de ses poches des miettes de pain qu'il dispersa au vent en cuicuitant pour attirer les oiseaux. Deux autres personnes le croisèrent sans que leur regard ne s'attarde sur lui. Il déboucha sur une vaste esplanade qui montait en pente douce jusqu'à une grosse maison bourgeoise construite vraisemblablement entre les deux guerres. Il recula à l'abri des arbres lorsqu'il remarqua deux infirmiers en blouses blanches qui surveillaient leurs pensionnaires tout en fumant. Il effectua un détour dans le bois pour parvenir à proximité de l'entrée de la maison de retraite du quatrième âge. Le gardien fronça les sourcils, dans sa guérite, et Novacek sentit longtemps son interrogation sur son dos.

La route serpentait au milieu d'anciens champs plantés de quelques pommiers qui, dans le temps révolu des récoltes, procuraient de l'ombre aux paysans. Il renoua avec d'autres palissades bordant d'autres terrains rendus vagues, puis les gratte-ciel de Haje se dressèrent sur sa droite. Un contingent de touristes nordiques sortait de l'hôtel de Milicov au moment où il s'apprêtait à récupérer sa Volvo garée au fond du parking, à proximité des tours siamoises. Ils le regardèrent avec compassion, et c'est tout juste s'ils ne sacrifièrent pas quelques pièces de cinquante couronnes pour soulager la misère du peuple tchèque en même temps que leur conscience avant de monter dans les cars.

Novacek s'arrêta à Michle, un faubourg de Prague, pour acheter une paire de Bata ainsi que les chaussettes assorties. Il remarqua sur un mur une inscription en tchèque

STRC PRST SKRZ KRK

(il apprit plus tard que cela signifiait : « mets ton doigt dans ta gorge »), mais sur le moment cela lui fit penser à une suite mystérieusement illogique de consonnes et de voyelles devant laquelle il était resté un bon moment perplexe, au sous-sol d'un restaurant marseillais par la lucarne duquel, par temps clair, on apercevait le château d'If :

!TNAVIV ERUMME SIUS EJ ! IOM-ZEREBIL !
SRUOCES UA

Le coiffeur hongrois qui officiait en face de l'église Naschodech lui redonna une allure à peu près humaine, poussant l'amour de son prochain jusqu'à le faire passer dans l'arrière-boutique où, entre les vieilles photos décolorées de mannequins perruqués, il quitta ses vêtements pour enlever le plus gros de la boue à l'aide d'une brosse en chiendent.

De grosses gouttes d'eau chargées de neige s'écrasaient sur le pare-brise, pareilles à des insectes blancs, écœurants, lorsque le reflet des façades parallèles de la place Wenceslas fut aspiré par le capot de la Volvo. Il s'apprêtait à venir se garer devant l'hôtel *Europa* quand il repéra la Moksvitch planquée derrière le camion-poubelle du self-service *Krone*. Il réenclencha la deuxième, en force, les pneus ripèrent sur le pavé glacé, la tôle vibra, et l'homme au loden, transi de froid, recollait à peine les images du film que Novacek filait déjà dans la Jindrisska.

Les pommes de terre
du Petit Père des peuples

Osvald habitait rue Myslikova dans l'exact prolongement du musée Manès dont les formes épurées s'élancent au-dessus des eaux de la Vltava pour aller prendre appui sur l'île de Slovansky. Il lui avait souvent parlé du vaste bar dont les baies donnaient sur le parc, et des âpres discussions où l'on menaçait d'en venir aux mains à propos de la signification d'un aplat de couleur, d'un creux incongru au cœur d'une sculpture... N'importe quel artiste, bon ou mauvais, en était le prétexte, ce qui se réglait alors débordait largement des limites des écoles et du cadre. Novacek resta un moment sur le quai pour voir si le tueur ne montrait pas le bout de son loden. Rassuré il leva les yeux sur les cariatides aux seins dénudés qui soutenaient la façade, souriantes. *Sexual heating*, un vieux standard de Marvin Gaye, s'échappait des fenêtres grandes ouvertes. Il grimpa au deuxième et s'apprêtait à frapper quand Osvald tira la porte, des bouteilles vides, en gerbe, dans les bras. Le journaliste de *En face* l'examina de la tête aux pieds, surpris par ce qu'il découvrait.

— Qu'est-ce qu'il t'est arrivé ! Tu es passé sous un tram ?

— J'aurais préféré...

— Entre, j'ai pas envie que les voisins te voient dans cet état, ils n'aiment pas les Tsiganes... Ils vont appeler les flics...

Il aligna la verrerie le long du mur, et le fit passer directement du corridor dans sa chambre où il le planta devant la penderie.

— Ce qui est à moi est à toi...

Novacek commença à se déshabiller.

— Je ne peux pas rester longtemps ici... Il y a un type qui me cherche, un flingue à la main... Tout à l'heure il m'attendait devant l'*Europa*. Il faut absolument que tu me trouves une planque...

— Tu es sûr que tu n'en rajoutes pas ?

Il balança son pantalon sur la moquette.

— J'ai traversé un champ à la nage, à Milicov, et avec un temps pareil il faut avoir de solides raisons pour le faire, crois-moi... Le type dont je te parle a tiré tellement de plomb que les paysans du coin risquent d'être atteints de saturnisme en travaillant leur terre !

Osvald ramassa le linge et le bourra dans un sac-poubelle.

— Qu'est-ce que tu veux que je fasse, exactement ?

— Dans un premier temps il faudrait que tu passes à l'hôtel pour récupérer mes affaires et payer la note. N'oublie surtout pas les photos de foot punaisées sur le mur... Ensuite je dois mettre la Volvo à l'abri, ça doit être la seule de ce modèle dans toute la Tchéquie...

— C'est pas de notre faute, les Polonais ont tout pris !

— Pour terminer j'ai besoin d'une piaule calme et

discrète avec vue sur le voisinage pour sortir après avoir balisé le terrain...

Osvald recula pour juger du résultat.

— À part le léger feu de plancher, ça peut aller... Très bien, je m'occupe de l'hôtel, de la bagnole et de ta gentilhommière. J'en ai pour une heure. Pendant ce temps-là je compte sur toi pour me remplacer auprès de ces dames.

Il poussa légèrement la porte qui donnait sur la salle de séjour.

— Tu attaques où tu veux, sauf la blonde avec un chemisier rouge qui picore les zakouski : j'ai pris une option...

— Tu n'as aucune chance, elle te surclasse...

— C'est possible, mais j'aime la difficulté. En plus j'ai toujours été attiré par les lesbiennes... Je ne crois pas être le seul...

— Comment tu sais que c'en est une ? Tu as des fiches...

— Non ! Tout à l'heure je lui ai demandé si elle était mariée, et elle m'a répondu « Pas du tout, je suis végétarienne »... C'est clair, non ?

— C'est surtout délicat... Tu peux partir tranquille.

Osvald s'attira des hourras quand il annonça qu'il partait en quête de ravitaillement. Sur les trente personnes présentes, les deux tiers se trémoussaient au rythme heurté de la voix de Terence Trent d'Arby tandis que les autres discutaient pour se donner soif. Novacek se souvint trop tard qu'il avait sauté le repas de midi ; la première gorgée de whisky lui plomba l'estomac avant de lui scier les jambes. Il se laissa tomber sur un canapé, entre deux blondes permanentées qui rebondirent sur leurs coussins. Une quinzaine d'olives et une assiettée de mini-pizzas plus tard, une prof de littérature française qui enseignait à l'université Comenius de Bratislava avant la partition du pays essaya de le brancher sur le problème de la réhabilitation des genres de grande diffusion. Elle devait écouter France-Culture à haute dose, car elle le parlait à la perfection, l'agrémentant d'une pointe d'accent qui rajoutait à la préciosité du propos.

— La « Série Noire » de Gallimard, par exemple, constitue l'exemple le plus accompli de littérature sérielle. La collection se fonde, au départ, sur un corpus polymorphe extérieur à elle, mais elle tend, au fil des années, à devenir la seule définition des textes qu'elle rassemble... Vous ne croyez pas ?

Il approuva lâchement, la bouche pleine d'un cornichon à la russe, et prit prétexte de l'assèchement de son verre pour tenter une percée vers le bar. Au passage il surprit le regard de la fille en rouge qui s'attardait sur les formes suggestives d'une petite brune survoltée. Elle ne se troubla pas et lui fit un clin d'œil, comme pour avertir un confrère qu'elle s'apprêtait à passer à l'attaque. Il se versa un fond de vodka Gorbatchov, pour goûter. De la flotte ! Le fabricant ne trompait pas le client sur sa marchandise : elle avait autant de caractère que celui qui lui avait donné son nom. Un historien du quotidien lui raconta qu'il passait une bonne partie de ses loisirs dans la synagogue Pinkas, proche de la rue Siroka, à repeindre les noms des 117 927 juifs du ghetto de Prague exterminés dans les camps nazis, et qui furent effacés par les autorités communistes. Il lui apprit aussi que l'immense socle de la statue de Staline, sur la colline de Letna, était en fait un entrepôt à pommes de terre et que c'était pour cette raison que, sous son règne, les Praguois regardaient ses bottes avec vénération.

— Les bureaucrates ont remplacé le gardien des patates par un métronome géant qui devait nous montrer que nous dominions le Temps. Il s'est enrayé, peu après sa mise en service, et son balancier s'est transformé en perchoir pour les mouettes de la Vltava... Nous sommes très fiers, ici, d'avoir édifié le plus gigantesque et le plus onéreux perchoir à mouettes du monde...

Ils trinquèrent aux volatiles, et Novacek aurait volontiers continué la conversation si Osvald n'était réapparu, les bras chargés de bouteilles. Le temps qu'on le déleste, ils se retrouvèrent dans la chambre.

— J'ai planqué ta voiture à l'abri dans un parking souterrain de la rue Studentska, à côté de la Vitezné, l'ancienne place Lénine. Le gardien est un pote, il va même la recouvrir d'une bâche...

— Où sont mes fringues ? Tu es passé à l'hôtel...

— Oui. J'ai réglé la note... Ils ne s'embêtent pas avec les touristes ! J'ai mis ton sac dans le coffre de ma voiture en sortant du taxi...

— Et pour la piaule ?

— C'est arrangé aussi... Ça se trouve à cinq minutes d'ici... Un véritable compte numéroté ! On l'a utilisée jusqu'en novembre 89 pour des réunions de la Charte sans que les *estebaci*[1] ne se doutent jamais de rien... On y va quand tu veux.

L'immeuble se trouvait de l'autre côté du fleuve, à cent mètres des berges, dans une courte rue coincée

---

1. Policiers de l'ancienne police secrète tchécoslovaque dont les initiales s.t.b. ont donné un *estebak*, des *estebaci*.

entre le stade de football de Smichov et l'immense gare routière des autobus. Dès lors que l'on se mettait à une fenêtre d'angle il fallait être gagné à la cause adverse pour se laisser surprendre. Osvald s'annonça en cognant trois coups brefs à la porte de la concierge. Il attendit quelques secondes et frappa une nouvelle série de cinq coups.

— Ça va lui rappeler le bon vieux temps...

La porte s'ouvrit sur une femme d'au moins soixante-dix ans. Il se baissa pour la serrer dans ses bras.

— Je suis heureux de te revoir, Paola... Tu n'as pas changé... Je te présente François Novacek... C'est lui dont je t'ai parlé tout à l'heure au téléphone.

Elle jaugea le Français et, satisfaite de l'examen, lui tendit la main.

— Ça fait au moins deux ans que je n'avais plus de nouvelles de toi, Osvald... Tu ne te souviens de moi que dans les coups durs !

— C'est la preuve que tu es une véritable amie... Pour les petites emmerdes on se contente de n'importe qui...

Elle installa Novacek au cinquième étage dans une vaste pièce équipée d'un convertible, d'une table, d'une armoire, d'une cafetière et d'un téléphone. Il sortit sur le balcon. À droite une échelle de secours suait sa rouille sur le béton humide.

Une photo dans Le Parisien

Il allait se coucher et tirait les rideaux quand les projecteurs du stade s'allumèrent, délimitant une sorte de station orbitale qui se serait posée au milieu d'une langue de terre gagnée sur le cours de la Vltava. Quinze joueurs en survêtements sortirent de sous les tribunes pour se diriger vers le but situé à la gauche de Novacek. Leurs chaussures marquèrent ce qui subsistait de la neige tombée la veille. Ils s'échauffèrent pendant un bon quart d'heure puis bombardèrent à tour de rôle le gardien à coups de boulets. Le type plongeait de tous côtés comme un pantin de dessin animé. Novacek vint s'asseoir devant la table sur laquelle il s'accouda. Il leva les yeux sur les deux photos en noir et blanc qu'il avait pincées entre la glace et le montant de l'armoire. Il avait marqué son premier but important à l'âge de douze ans au cours d'un match de finale départementale. Tout ce qu'il y avait à gagner c'était une photo, justement, dans l'édition du *Parisien libéré*, et pourtant ils avaient joué comme s'ils disputaient la coupe de France ! En face les gars étaient des coriaces, aucun cadeau à attendre des bleu et blanc du Club municipal d'Aubervilliers.

Une réputation attilesque les précédait et leur donnait l'avantage bien avant la mise en jeu. Ce n'était pas une équipe mais une bande. Ils ne connaissaient pas l'anglais et ouvraient des yeux ronds si on leur parlait de « tacle », de « fair-play », en revanche ils pouvaient en remontrer à n'importe qui pour ce qui était du savatage, du coup de coude dans le ventre ou de la béquille vicieuse qui vous met dans le vent pendant dix minutes.

Son père était là, appuyé à la barrière du stade Auguste-Delaune, une Gitane maïs plantée au coin de la bouche. Bob les avait chauffés à bloc, dans les vestiaires, sans faire reculer la peur qui leur nouait le ventre. Il se souvenait être arrivé sur le terrain dans la même disposition d'esprit qu'un chrétien dans les arènes de Rome. L'entraîneur lui avait confié la mission de marquer à la culotte un certain Tatave, un grand brun qui le dominait d'une tête. Il avait passé une mi-temps à faire le petit chien, à se faire balader entre l'avant-centre et les deux ailiers sans faire connaissance avec le ballon. Au repos le score était vierge et Bob lui avait broyé l'épaule pour montrer sa satisfaction.

— C'est très bien ce que tu nous as fait là, François. Tu les as complètement verrouillés... Continue comme ça, on a un point d'avance au classement, le match nul nous suffit...

Il lui était déjà arrivé de mentir, de faire semblant d'avoir oublié ce qui était devenu gênant, mais il n'avait encore jamais véritablement désobéi. Il avait pris sa décision en sortant des vestiaires, et il s'était jeté sur le ballon dès le coup de sifflet lançant la seconde mi-temps... C'était maintenant Tatave qui ramait pour revenir dans son sillage... Après un petit moment de flottement ses équipiers étaient rentrés dans la combine. Passes longues, débordements sur les ailes, une-deux, grand pont, petit pont, pichenette, amorti de la poitrine, talonnade... Un vrai festival couronné par un but d'anthologie, une reprise plongeante, de la tête, sur un corner bourré d'effet tiré par Tito, un petit Espagnol sec comme un coup de trique. Le gardien du c.m.a. avait agité ses bras en pure perte avant de brouter l'herbe. Bob savait que quand on est emporté par les événements il faut faire semblant de les diriger : sur le comptoir de *L'Imprévu*, après le match, la paille-grenadine avait été remplacée par un demi panaché. Il revoyait son père tournant les pages du *Parisien* qu'il acheta les quinze jours qui suivirent l'exploit, à la recherche d'une photo qui n'était jamais passée.

Il donna plusieurs coups de fil à son répondeur avant de parvenir à joindre Nadège, tard dans la nuit. Elle arrivait tout juste d'une ancienne usine de cartonnage du quai de Valmy dans laquelle un groupe de militants de Droit au logement avait décidé d'installer une trentaine de familles de sans domicile fixe.

— J'en ai examiné plusieurs qui sont dans un sale état. Ils n'ont pas vu de toubib depuis des années... C'est à pleurer... On les laisse vraiment crever dans leur coin, et pendant ce temps-là les cliniques de chirurgie esthétique se font des fortunes en aspirant la graisse des trop bien nourris !

— C'est comme ça que je te préfère, quand tu repars en croisade...

— Oh, tu peux parler, Novacek ! Qu'est-ce que tu fais d'autre en ce moment à Prague ? C'est pas moi qu'on surnomme le Chevalier blanc des banlieues grises...

Il sentit la chaleur sur ses joues.

— Où est-ce que tu as pêché ça, Nadège ?

— Dans ton press-book... Pourquoi tu ne m'avais jamais dit qu'Edwy Plenel s'était fendu d'un petit article sur toi dans *Détective*... Il est drôlement élogieux, en plus...

— Arrête de te foutre de moi sinon je fais jouer mes relations et je demande à Bernard Kouchner de te tailler un costard dans *Le Quotidien du médecin* !

Il eut soudain envie d'être près d'elle en imaginant la grimace qu'elle fit, à l'autre bout du fil, en disant « Ah c'est malin »... Il aurait voulu être tendre, mais il n'aimait pas faire passer les sentiments par la bakélite, et voyait dans le téléphone un préservatif de l'émotion. Elle rompit le silence.

— Sinon, ça se passe bien pour toi ? L'enquête avance...

— Oui. Osvald me donne un sacré coup de main... Si ça continue comme ça, je serai de retour à la maison plus tôt que prévu...

— Tu es toujours à l'*Europa*... Je peux avoir besoin de t'appeler...

— Non, j'ai pris une chambre chez l'habitant... C'est très courant ici, le système *bed and breakfast*... On trouve exactement ce qu'on veut. Une vue superbe, en plein cœur de la Vieille Ville. Je te donnerai le numéro demain, je n'ai pas pensé à le noter...

Leurs baisers se rencontrèrent quelque part sur le fil quand ils se quittèrent. Il avait toujours du mal à dormir la première nuit dans un lieu nouveau. Même si la fatigue était au rendez-vous, le corps exigeait de s'acclimater aux volumes, aux odeurs, aux bruits, aux traces laissées par d'autres présences. Il se releva plusieurs fois pour essayer de joindre Alain Cordier dont le téléphone était perpétuellement occupé. Il finit par s'endormir au petit matin alors que les premiers autobus du dépôt de Smichov faisaient chauffer leur moteur.

L'autoroute de la paix

Novacek ouvrit les yeux sur Paola qui remplissait d'eau le réservoir de la cafetière. Il tendit la main pour récupérer ses vêtements pliés sur le dossier d'une chaise et les enfila en se contorsionnant sous les couvertures. Elle lui montra une mince enveloppe posée sur la table, près du bol, des *Brötchen* et de la confiture.

— C'est pour vous. Osvald est passé de bonne heure, il n'a pas voulu vous réveiller.

Il s'installa devant la fenêtre. Au loin le vent rabattait sur une barge lourdement chargée la fumée noire d'un toueur. L'eau du fleuve avait pris la couleur plombée des immenses nuages qui pesaient sur l'horizon. Il éparpilla les documents contenus dans l'enveloppe en touillant son café : de vieux articles de journaux tchécoslovaques commentés au stylo-bille ou traduits à grands traits, dans la marge. Il prit tout d'abord une page de *Signal*, datée d'avril 1989 et consacrée au président de l'Association internationale des écrivains de mystère, le Soviétique Youri Setiolov que l'on voyait souriant à l'objectif. C'était le seul document à avoir été totalement transposé. L'entretien qu'il avait accordé à Galina Novikowa portait sur les projets de l'A.I.E.M. et de toutes ses succursales nationales. De toute évidence la rencontre avait eu lieu au cours du congrès tenu au château Dobris. L'article débutait par une présentation sommaire de l'intéressé.

Immense écrivain, auteur de dizaines d'ouvrages publiés à des millions d'exemplaires, traduits dans trente langues, Youri Setiolov a fondé l'A.I.E.M. en 1986 à La Havane. Elle regroupe aujourd'hui de nombreux écrivains de l'Ouest, d'Orient, du Tiers-Monde, venus d'horizons politiques et religieux différents. Son comité exécutif est composé d'hommes de lettres de 20 pays. Élu président en 1986, Youri Setiolov a été proclamé l'année dernière, lors de la réunion de Gijón, président-fondateur à vie.

« Qu'est-ce qui vous a décidé, vous un écrivain à succès, à vous lancer dans une telle entreprise ?

— Cela remonte très loin... un jour Georges Simenon, avec lequel j'entretenais d'étroits liens d'amitié, m'a demandé : "Qu'est-ce qui s'édite le plus au monde, Youri ?"... *Et moi de répondre :* "Probablement la Bible !" *Il a souri :* "Exact, et ensuite on trouve Lénine, Karl Marx... et le quatrième c'est moi, Georges Simenon..." *Ce jour-là j'ai compris que la littérature de mystère, bonne ou mauvaise, rapportait des sommes considérables. Des milliards si l'on prend en compte les films, les téléfilms qui en sont tirés. Chez nous, en Union soviétique, cette littérature a longtemps été accusée d'être* une arme acérée de l'impérialisme contre le communisme et les mouvements de libération nationale... *L'absurdité de pareilles assertions est évidente de nos jours, alors*

que de très nombreuses valeurs anciennes sont soumises à révision.

— Quelles en sont les conséquences pratiques ?

— Il faut agir dans l'esprit de la rencontre de Genève entre le président Gorbatchev et le président Reagan. Œuvrer au rapprochement des écrivains de nos démocraties socialistes avec leurs homologues occidentaux.

— Vous disposez de subventions ?

— Non. Il faut en finir avec cette forme d'assistance. Notre association est capable de dégager de fortes sommes d'argent sur la vente des ouvrages de nos adhérents. Nous avons fondé plusieurs sociétés d'économie mixte entre nos pays et les pays de l'Ouest. Avec la France, par exemple. Nous avons la capacité, en U.R.S.S., d'imprimer des millions de livres, dans toutes les langues existantes, et de les mettre à disposition de la planète entière. Les imprimeries ne manquent pas, ni les bras des ouvriers. Ce qui fait défaut, c'est le papier, l'encre, les produits chimiques... Nos accords de partenariat, de joint-venture, nous permettront de les obtenir aux meilleures conditions.

— On parle également beaucoup d'une activité touristique liée à l'ambiance de la littérature de mystère... Pouvez-vous nous donner quelques explications ?

— Oui, et Prague en est une étape indispensable ! Le tourisme constituera la deuxième source de revenus de l'organisation mondiale d'édition et de diffusion que nous mettons en place. L'A.I.E.M. a l'intention d'élaborer un projet d'aménagement d'importants axes routiers. Un Paris-Prague-Mos-

cou-Leningrad, par exemple, avec des étapes où seront organisées des rencontres avec des auteurs de mystère, des visites d'exposition, des festivals de cinéma, de musique, de théâtre... C'est un gigantesque chantier. Il faudra construire des routes, des hôtels, des campings, des restaurants, des stations-service... La paix, le rapprochement entre les peuples, voilà notre seule motivation.

— Avez-vous imaginé d'autres parcours ?

— Bien sûr... Je rêve d'un Tour du Monde de la Culture, le parcours de la Fraternité, qui partirait de Londres avec des étapes à Paris, Moscou, au Kamtchatka, en Alaska, San Francisco, Los Angeles, Mexico, la Terre de Feu... Des millions de personnes voudront effectuer ce périple en voiture, ne serait-ce qu'une fois dans leur vie... Vous me répondrez : "Chimères que tout cela"... Je sais seulement que si l'Homme n'avait jamais rêvé de marcher sur la Lune il n'aurait jamais construit de fusée ! »

Novacek commençait à relire le texte quand le téléphone sonna. Il regarda fixement le vieil appareil noir posé sur un guéridon, à l'autre bout de la pièce, et ne se décida à s'en approcher qu'à la quinzième sonnerie. Il le décrocha et, silencieux, posa le plastique sur son oreille. Le correspondant fit de même, puis il toussa.

— Je suis bien chez monsieur Novacek ?

Il sentit le rythme de son cœur s'accélérer.

— Qui êtes-vous ?

— J'avais un autre souvenir de la légendaire politesse française !

— Je me fous de la politesse, qu'elle soit tchèque ou française... Qui vous a donné ce numéro ?

— Un de vos amis, un journaliste, Osvald Ostatek... Il m'a dit que vous cherchiez à me rencontrer : je
m'appelle Ladislas Mirotek... Je ne sais pas ce que je
peux faire pour vous, mais je suis à votre disposition...

Il prit le téléphone et vint s'asseoir sur le bord du
lit.

— Excusez-moi, Osvald ne m'avait pas prévenu...

— Ce n'est pas grave. Je travaille à l'hôtel *Forum*,
et je ne pars jamais avant huit heures le soir. Demand-
ez-moi à la réception.

Novacek se laissa aller en arrière et demeura longtemps immobile, le regard scotché au plafond. Il se
remit ensuite à compulser les documents éparpillés
sur la table. Les portraits des auteurs invités à la réunion de Prague illustraient une page de *Rude Pravo*
titrée « Anketa na Dobris ». Chacun des romanciers y
allait de son compliment. Celui de Frédéric Doline ne
lui apprit rien :

*C'est avec beaucoup de joie que j'ai répondu posi-
tivement à l'invitation de mon ami Karel Bogdan, président de l'*A.R.E.M.* Il y a très longtemps que je dési-
rais venir dans votre pays et me promener dans cette
ville de Prague qui a inspiré tant de chefs-d'œuvre
aux artistes du monde entier.*

Osvald avait également joint trois brèves glanées
dans la presse locale et internationale. La première
faisait état de la libération d'un opposant, Augustin
Navratil, incarcéré pendant six mois en hôpital psy-
chiatrique pour avoir fait circuler une pétition récla-
mant la liberté du culte en Tchécoslovaquie. La
deuxième annonçait que Vaclav Havel, emprisonné à
Ruzine depuis le 16 janvier 1989, coupable d'avoir
déposé des fleurs sur le lieu où Jan Palach s'était

immolé par le feu vingt ans plus tôt, était passible de trois années de prison pour « incitation à acte criminel ». La troisième évoquait la possible démission, en raison de problèmes de santé, du président de l'Union des écrivains tchèques Jan Kozak, et son remplacement par un ancien ministre de la Culture, Miroslav Valek.

Il glissait la liasse de documents dans l'enveloppe quand une minuscule photo de groupe attira son attention. Vingt-cinq personnes, des hommes pour la grande majorité, se tenaient épaule contre épaule devant une haie d'arbustes taillés en forme de toupies renversées. Il se pencha pour détailler les visages minuscules mangés par la trame trop épaisse choisie par le photograveur. Il trouva une antique paire de lunettes à double foyer dans le tiroir de la table, au milieu d'un fatras de bouts de ficelle, de bouchons, de vis, de clous et de boutons dépareillés. Il s'en servit comme d'une loupe. Il reconnut Galina Novikowa-Smenatova près d'un Frédéric Doline rayonnant. Il fit le point sur le type situé à l'extrémité du rang et qui, semble-t-il, s'éloignait pour ne pas figurer sur le cliché. Sa tête lui revenait. Il l'habilla d'un loden, mentalement, rajouta une casquette sur le crâne chauve, et le doute se dissipa. Il remit les documents dans l'enveloppe et y ajouta les deux photos de l'équipe de l'Étoile rouge de Prague.

La zone obscure

Novacek prit le métro à la station Smichov. Les wagons étaient pleins des mornes pendulaires qui quittaient les cités de Nové Butovice, Jinonice ou Radlice pour aller remplir, huit heures durant, les salles grises des ministères, les docks de Liben ou les ateliers de Karlin. Il descendit à la station Vysehrad qui s'était longtemps appelée Gottwald, et se retrouva devant la tour de verre de l'hôtel *Forum* dans lequel il s'était réfugié après avoir soudoyé le portier, la première fois que l'homme au loden l'avait suivi, au sortir de la librairie d'ancien. Il s'accommodait du hasard dès lors qu'il restait rare, mais n'aimait pas les coïncidences dans la mesure où, justement, c'était la rencontre de deux hasards. Le type en livrée qui se tenait près de la porte à tambour le regarda furtivement de la tête aux pieds, et il sentit que le résultat de l'examen ne penchait pas en sa faveur. Le hall bourdonnait des conversations d'une multitude de cadres rasés de frais, sanglés dans leurs costumes où le gris dominait. Le départ de la chasse aux contrats n'allait pas tarder à être donné. L'ambiance lui fit penser aux départs de Paris des T.G.V. du matin, à ces rames pleines de décideurs plongés dans *Le Figaro* ou courbés sur leurs portables. Il contourna les jeux lumineux de la fontaine intérieure pour accéder au comptoir de l'accueil. La jeune femme occupée à trier les cartes magnétiques qui servaient de clefs leva son visage vers lui en affichant un sourire dont on se demandait immédiatement comment il avait pu échapper aux directeurs de casting des pubs pour dentifrices. Un léger haussement des sourcils lui suffit à signifier : *Je vois bien que vous cherchez quelque chose, n'hésitez pas, je suis là pour vous renseigner*... Il s'accouda.

— Je dois voir M. Ladislas Mirotek...

— M. Mirotek, vous êtes sûr ?

— Oui. Je l'ai eu au téléphone. Il m'a dit qu'il travaillait ici, mais je ne sais pas dans quelle partie... Il peut aussi bien être dans les bureaux ou à la cuisine...

Le sourire professionnel s'effaça de ses traits au profit d'une moue amusée d'une totale sincérité. Elle prit son téléphone sans fil.

— On va peut-être essayer d'abord dans les bureaux... Vous êtes ?

— Novacek... François Novacek...

Ses ongles nacrés effleurèrent les touches. Elle prononça son nom à plusieurs reprises au milieu de quelques phrases en tchèque.

— M. Ladislas Mirotek vous attend... Vous le trouverez au vingtième étage.

Il la remercia et commençait à tourner les talons quand, d'un geste de la main, elle capta son attention.

— Il faut prendre l'ascenseur panoramique, monsieur Novacek, les autres ne desservent pas les derniers niveaux...

La cabine vitrée le propulsa au-dessus du hall. Il

colla son dos à la paroi aveugle afin de dominer le fourmillement qui lui agaçait les jambes et le bas du ventre. Il s'y habituait à peine qu'il sentit la brusque décélération. Le compteur placé près des boutons de commande ralentit sa course pour s'immobiliser sur le chiffre 20. Il posa le pied sur le marbre de l'étage. Un employé balayait les allées du jardin d'hiver aménagé sur la terrasse qui occupait la moitié de la surface du dernier niveau. L'odeur de la terre, humide et chaude, arriva jusqu'à lui, par bouffées. Il fut surpris de voir le nom de Mirotek gravé en anglaises dans le cuivre d'une plaque qui ornait la porte la plus imposante du large couloir. La fonction figurait en plus petit : *Manager*. Un mécanisme électrique déclencha l'ouverture de la porte dès qu'il pressa la sonnette incrustée dans le mur. Un homme de forte stature lui tournait le dos, absorbé par la contemplation de la ville. Il pivota. Novacek nota le visage ovale, légèrement aplati, les cheveux cendrés, les yeux très mobiles, le nez fin comme une lame. Il devait avoir près de soixante-dix ans mais il donnait l'impression d'être en pleine possession de ses moyens. Son costume clair, coupé à la perfection, accompagnait chacun de ses mouvements, renforçant la sensation d'aisance qui se dégageait du personnage. Il éteignit sa cigarette dans un cendrier rempli de sable parfumé et s'approcha.

— Vous êtes François Novacek...

Il ouvrit les bras et serra le détective contre lui. Novacek supporta l'étreinte sans s'abandonner, mais, quand Ladislas Mirotek recula d'un pas, il constata sur les traits du vieil homme que son émotion n'était pas feinte. Le tutoiement s'imposa.

— C'est incroyable comme tu lui ressembles... J'ai l'impression de voir ton père... Un drôle de retour en arrière...

— Oui, il est parti il y a plus de quarante ans...

— Absolument. C'était en 1952... Mars 52... On jouait tous les deux dans la même équipe, l'Étoile rouge de Prague. Jiri au centre, moi à l'aile droite. On s'entendait aussi bien sur le terrain que dans la vie... J'ai souvent pensé à lui... C'est ta mère qui m'a appris sa mort, au cours de cette terrible année 1968. Tu ne devais pas être vieux...

— Non, j'avais dix ans...

Ladislas se dirigea vers un canapé en cuir noir.

— Tu veux boire quelque chose, François ?

Il prit une bière, vint s'asseoir près de l'ancien joueur et but en silence, ne sachant plus ce qu'il était venu chercher.

— Qu'est-ce que tu fais ?

Il reposa son verre sur la table laquée.

— Ici, à Prague ?

— À Prague et en France...

— J'ai longtemps été journaliste-reporter. Je faisais de l'investigation, et depuis quelques années je me suis reconverti...

— Le journalisme ne te plaisait plus ?

— Ce n'est pas la raison... Non, on récrivait un peu trop souvent mes papiers... Certaines infos n'étaient pas du goût de tout le monde...

— Oh, si la presse ne servait qu'à informer, il n'y aurait qu'un seul journal... On laisserait pousser les forêts en toute tranquillité.

— C'était le cas, il n'y a pas si longtemps...

Ladislas se renversa contre les coussins pour rire.

174

— Oui, et le *Rude Pravo* nous informait parfaitement de ce que nos gouvernants attendaient de nous ! Et maintenant, qu'est-ce que tu fais ?

— Je suis détective privé, à Paris...

Ladislas posa une main sur chacun de ses bras pour obliger Novacek à le regarder bien en face.

— Détective privé ! Comme Sam Spade ou Philip Marlowe ! Tu plaisantes, ce n'est pas vrai...

Novacek se contenta d'une moue et d'un haussement d'épaules. Ladislas baissa la voix et prit un ton de conspirateur.

— Ne me dis pas que tu es sur une enquête...

— Si, justement... Sinon je crois que je ne serais jamais venu : mon père ne m'a parlé qu'une seule fois de la Tchécoslovaquie. C'était un peu avant sa mort, pour me faire promettre de ne jamais franchir cette frontière...

— Il ne pouvait pas savoir... À cette époque personne n'osait imaginer que le Mur de Berlin s'écroulerait un jour. Même les démocraties occidentales : elles se donnaient bonne conscience en envoyant des colis aux opposants, dans leurs prisons... Elles agissaient exactement comme votre Édouard Balladur, quand il va se promener en Chine. Et c'est quoi cette enquête, si bien sûr ce n'est pas indiscret ?

— Non... Je recherche un écrivain français. Il faisait un voyage en République tchèque, pour les besoins d'un livre, et il ne donne plus signe de vie depuis plusieurs semaines...

— Je n'en ai pas entendu parler... C'est un grand écrivain ?

— Il commençait à être connu en France... Son dernier livre a obtenu le prix Lovecraft, et s'est vendu à plusieurs dizaines de milliers d'exemplaires... Il écrit des romans fantastiques et de science-fiction...

Ladislas versa les fonds de bouteille dans les verres.

— Je pourrais peut-être t'aider... Je dirige cet hôtel depuis trois ans. C'est l'un des plus importants de l'Est européen, et j'entretiens d'excellentes relations avec tous mes confrères... Je peux facilement savoir si cet homme que tu cherches a pris une chambre dans n'importe lequel des hôtels ou des motels tchèques... Tu es sur une piste ?

Novacek prit l'enveloppe dans la grande poche intérieure de son manteau, et préleva une des photocopies de *Littérature nouvelle*.

— Je sais simplement qu'il est déjà venu sous l'ancien régime, du 13 au 21 février 1989, à l'occasion d'une convention d'écrivains. C'est un compte rendu d'époque...

Ladislas parcourut rapidement l'article.

— Tu connais d'autres personnes dont on parle dans ce texte ?

— J'ai rencontré la journaliste, Galina Novikowa... Elle s'occupe aujourd'hui d'une maison de soins pour drogués... Elle ne m'a pas appris grand-chose. Mon assistant m'a fait parvenir quelques informations sur les écrivains invités... Des petites pointures... Ils avaient tous le même profil que Frédéric Doline, à part le Soviétique, Youri Setiolov...

— J'ai lu plusieurs de ses livres... Il était abondamment traduit...

Novacek hésita, mais il finit par pointer le doigt sur la photo qui illustrait l'article de Galina.

— Vous voyez le type qui s'écarte du groupe, là,

pour aller vers le château Dobris... Je ne sais pas qui c'est, mais il m'a suivi comme mon ombre pendant deux jours...

— Tu as réussi à t'en débarrasser ?

— Oui, j'ai évité de sortir quand il y avait du soleil...

— Tu as eu de la chance... Ce n'est pas un enfant de chœur...

Il avait dit ça sur le ton de la conversation, comme s'il n'y attachait pas d'importance. Novacek se mit debout.

— Vous le connaissez ?

— Notre pays était déjà tout petit, avant, et nous l'avons divisé en deux... Ici, nous sommes tous voisins, tous cousins...

— Qui est-ce ?

— Il s'appelle Pokorne et c'était l'un des flics du ministère de la Culture. Ce cliché prouve bien que n'importe quel régime totalitaire n'est pas fait pour durer...

— Pourquoi donc ?

— Quand on est au pouvoir depuis plus de quarante ans, on a l'impression que c'est pour l'éternité. Les autres, tous les autres ne comptent pas, et vient un moment où ils n'existent même plus. Ils sont tellement sûrs d'eux que leurs flics se laissent prendre en photographie ! C'est l'un des signes qui montrent que la fin est proche...

Novacek se pencha pour prendre l'enveloppe. Elle se déchira sous ses doigts. Il brandit la photo de l'équipe de l'Étoile rouge de Prague devant les yeux de Ladislas Mirotek en élevant la voix.

— Elle date des débuts, de 1952, celle-là, et ce

sont tous des flics ! Non ? Lui, lui, lui... Mon père...
Vous !

Ladislas prit le cliché et força Novacek à s'asseoir
près de lui.

— Ne nous juge pas trop vite, François... Tu ne
sais rien de notre histoire... Le gars que tu vois là, à
côté de moi, il s'appelait Anton Bunzl, et il était
arrière-droit. On a participé à la résistance contre les
nazis... C'était ce que nous appelions un communiste
de naissance, un pur et dur... Il s'est tiré une balle dans
la tête en 54, après les procès, pour ne pas devenir
fou... Ton père a eu de la chance, il a réussi à s'enfuir
quand il était encore temps. Moi j'ai fait semblant de
jouer le jeu, mais je passais la balle à l'adversaire dès
que l'arbitre avait le dos tourné... Toute une vie à
avoir le sourire aux lèvres et la grimace dans la tête...
Je n'étais pas fait pour ça, et je te jure que je n'y ai
jamais trouvé de plaisir.

Novacek reprit la photo. Il enfila son manteau et se
retourna juste avant d'ouvrir la porte.

— Le problème est de savoir jusqu'à quand ça a
duré...

— Qui te dit que c'est terminé, François ? Après
quarante ans de bons et loyaux services je ne connais-
sais qu'une infime partie de leur fonctionnement, ce
qui était visible au-dessus de la ligne de flottaison.
Pour les icebergs, la physique nous apprend qu'il en
existe sept fois plus en immersion... Il n'y a pas de
règles en politique... L'étendue de la zone obscure est
inconnue... Cinq années après le renversement, nous
en sommes toujours au stade de l'exploration...
Chaque jour amène son lot de découvertes...

Un trésor de bibliothèque

Il descendit par l'escalier de secours, un colimaçon étroit aux marches recouvertes de peinture plastique dont la couleur changeait à chaque étage. Ses pensées passaient du jaune au bleu, du vert au rouge, épousant les violents contrastes du peintre de degrés. Il s'aperçut, les pieds dans le tyrien, qu'il ne s'était même pas posé la question de savoir si Ladislas Mirotek ressemblait à ce qu'il était, quatre décennies plus tôt, quand il jouait dans l'équipe de l'Étoile rouge... Et si c'était un imposteur ? Dans le sienne et l'ocre du quinzième niveau, il songea à Osvald qui, bizarrement, travaillait dans les anciens locaux de la revue du ministère de l'Intérieur, *Le Soldat de la Liberté*... L'avait-il mis sciemment entre les mains de Mirotek, de Galina Smenatova ? Faisaient-ils équipe ? Et ce Pokorne, comment le « manager » l'avait-il reconnu si facilement ? Il s'apaisa en prenant sa décision au milieu des nuances turquoise.

Le tramway le laissa à deux pas du journal *En face*. Il pénétra dans le hall en réfection au moment où Osvald le traversait flanqué de son photographe. Il parlait fort, donnant des ordres sur son passage. Il obligea Novacek à faire un demi-tour sur lui-même, et ils se retrouvèrent tous les deux à l'avant d'une B.M.W. de fonction tandis que le photographe répandait son matériel à l'arrière.

— Alors, tu te sens à l'aise chez Paola ?

— Comme à la maison. Il ne manque que les croissants... Où est-ce que tu m'emmènes ?

— Pas très loin, dans les collines de Zizkov. On a un très beau panorama sur la ville...

Il s'engagea sur l'autoroute urbaine encombrée de camions de livraison, et la quitta près du parc Pamatnik pour s'arrêter devant une bâtisse de style allemand. Le hall circulaire était décoré de statues vaguement grecques, tandis que le dessin des plaques de marbre, au sol, figurait une rose des vents. Un homme d'une cinquantaine d'années en proie à une vive excitation intercepta Osvald dès son arrivée. Ils lui emboîtèrent le pas jusqu'à une vaste salle de bibliothèque. Des policiers s'affairaient en tous sens, grimpaient sur les échelles, couraient dans les coursives, d'autres furetaient sous les tables de travail désertes, des employés poussaient des chariots débordant de livres abîmés. Ils traversèrent les rayonnages de chêne ouvragé réservés aux livres anciens, et s'approchèrent du secteur qui accueillait la production récente. Des milliers de volumes jonchaient le parquet ciré, les couvertures arrachées pendaient sur les pentes des amas de papier, des feuilles orphelines volaient au moindre courant d'air. Novacek s'adossa à une colonne pour contempler le désastre le temps qu'Osvald organise son reportage. Une jeune femme pleurait en ramassant des livres intacts qu'elle empilait contre le mur. Le journaliste revint vers lui trois quarts d'heure plus tard. Il se sépara du photographe qui partait pour le labo.

— J'ai une petite faim... Je connais un petit restaurant dans le quartier. Je t'invite. Tu n'as pas trouvé le temps trop long ?

— Non, j'ai aidé une des bibliothécaires à trier ce qui était encore lisible... Qu'est-ce qu'il s'est passé ? une tornade ?

— Bien pire...

— Un typhon tchèque ?

— À peu près... On a une télé privée qui émet depuis environ trois mois, et la ligne suivie par les animateurs, c'est celle de l'interactivité. Il faut que le public participe, qu'il soit en phase avec ce qui se fait sur l'écran... Ce matin ils n'ont rien trouvé de mieux que de lancer une chasse au trésor dans la ville... Mille dollars planqués dans un endroit que les téléspectateurs devaient découvrir grâce à des indices que la chaîne dévoilait de quart d'heure en quart d'heure...

— Il faut reconnaître que c'est un bon moyen de garder un maximum de gens devant le petit écran...

— D'autant plus qu'ici on a gardé les vieux réflexes... Dès qu'arrivait un stock de brosses à dents, de papier hygiénique ou de couvertures chauffantes, on téléphonait à tous les amis et on se relayait dans les queues du magasin Maj... Là pareil, ça a sonné partout dans Prague... Les mille dollars ont fait des petits... Dix mille, cent mille... Et à la fin, quand il a été clair que les billets étaient glissés entre les pages des romans d'aventures de la bibliothèque Karlinské, plusieurs centaines de personnes se sont mises en marche. Elles se sont jetées sur les bouquins, et quand la première coupure de dix dollars a été découverte, tout a explosé...

— Heureusement qu'ils n'avaient pas eu l'idée de les planquer dans les livres anciens... Pour le coup, c'était irréparable ! Qu'est-ce qu'ils disent maintenant, à la télé ?

Osvald poussa la porte d'une taverne en s'effaçant devant Novacek.

— Le directeur s'est excusé en direct sur l'antenne. Il en a profité pour annoncer que la chaîne allait organiser une soirée spéciale, des variétés, et qu'une partie des rentrées publicitaires servirait à dédommager la bibliothèque...

— Chapeau, ils apprennent vite !

Ils s'installèrent près d'une porte-fenêtre qui donnait sur l'arrière du musée. Le soleil parvenait à se montrer entre deux nuages gros comme des continents. Le patron, une barrique montée sur deux pieds de tabouret, leur servit d'autorité des assiettées de porc en sauce accompagné de *knedlíky* et de cornichons au paprika. Novacek attendit qu'Osvald eût effacé la moitié de sa portion pour quitter les terrains balisés et orienter la conversation sur ce qui le démangeait.

— Ladislas Mirotek, le type qui jouait avec mon père, m'a contacté de ta part... Tu l'as retrouvé comment ?

Osvald était occupé à imbiber de sauce brune une moitié de boulette qu'il porta à sa bouche. Il prit le temps de réfléchir tout en mastiquant.

— J'ai tout simplement demandé à ma secrétaire de se mettre en rapport avec les associations de sportifs à la retraite. Il y a un peu de tout, une Amicale des médaillés olympiques, le Club de ceux qui sont descendus en dessous des onze secondes au cent mètres, le Comité de défense de la perche en bois qui considère que l'adoption de la fibre de verre ou du carbone a faussé la compétition, et qu'à distance on pénalise les anciens champions... C'est vrai que, si on donnait un bambou à Bubka, il passerait toujours sous la barre des six mètres sans avoir besoin de baisser la tête...

— Je suis bien d'accord avec toi, on devrait refaire courir le marathon en sandales avec une épée au côté, mais ça ne répond pas vraiment à ma question... Mirotek, tu l'as connu quand ?

— Pourquoi tu me demandes ça, François ? Quelle importance ?

Novacek repoussa son assiette à laquelle il n'avait pratiquement pas touché, et déshabilla son dernier paquet de Gitanes blondes de sa cellophane.

— Je joue ma peau dans cette histoire, et je voudrais au moins avoir toutes les cartes en main, tu comprends ? On ne refile pas le numéro de téléphone d'une planque à un type dont on récupère l'adresse dans l'annuaire... Ça ne colle pas.

Osvald baissa les yeux et entoura de ses doigts la base de son bock de Branik.

— Je l'ai rencontré il y a deux ans, au cours d'un reportage... J'enquêtais sur la reconversion des responsables des anciens services de sécurité...

— Il était toujours en activité ?

— Non... Il s'occupait déjà d'hôtellerie, mais comme il était resté une quarantaine d'années dans le bain, on m'avait aiguillé sur lui pour qu'il me serve de conseiller...

Le patron réamorça la pompe à bière. Novacek

attendit qu'il se soit éloigné avec les assiettes, les couverts.

— Pourquoi ne m'avoir rien dit !

— Je ne sais pas... Je ne me suis pas senti très à l'aise quand tu as prononcé son nom... Une réaction conne... Je me suis demandé si tu balançais ce nom au hasard ou si c'était un hameçon que tu laissais traîner... Il aurait fallu que je t'explique que pendant quelques mois j'ai fait un boulot qui se baladait à la frontière du journalisme et du renseignement... Voilà...

Novacek se pencha au-dessus de la table pour le rassurer à l'aide de deux ou trois tapes sur le bras.

— Excuse-moi, Osvald... Je te jure que je suis venu vers toi en toute sincérité... On efface tout. Une seule chose : je peux lui faire confiance à ce Ladislas Mirotek ? Ce n'est plus un flic au moins ?

Il assécha le petit, la tête renversée.

— Première question : oui. Deuxième question : je n'en suis pas si sûr que ça...

Ils allaient se quitter devant le métro Florenc quand Novacek demanda à Osvald, histoire de dissiper la gêne qui s'était instaurée entre eux, de traduire l'inscription barbouillée sur le mur fraîchement repeint de la station des autobus.

— Ils ont marqué : « Ce mur est rouvert après travaux... »

Et ils se séparèrent en riant.

Messes basses

Novacek émergea progressivement à l'air libre par l'interminable escalier mécanique de la station Mustek. Il se mit à marcher à contre-courant des touristes venus respirer place Wenceslas, après le piétinement sur le pavé des ruelles engorgées qui montent du quartier de la Vieille Ville. Quelques flocons commencèrent à danser devant ses yeux. Il se souvint que dans son enfance sa mère les appelait les confetti du ciel. Dans sa mémoire il y avait ceux, multicolores, du 14 Juillet, et ceux, plus incertains, du 25 décembre... Il s'arrêta devant un stand du marché de la Havelska où un grand type dégingandé exposait des reproductions miniatures de la maquette de Prague réalisée un siècle et demi plus tôt par Langweil. Il lui acheta une dizaine de cartes postales sépia tirées des panoramiques de Josef Sudek, une variation de paysages urbains étouffés par la neige et de statues habillées de manteaux blancs. Il suivit les éléments épars d'une chorale qui traversaient le Klementinum en faisant des vocalises sur un thème de Vranicki, et les quitta pour traverser la rue Karlova. Il leva les yeux sur une enseigne, une plaque de fer peinte en noir au cœur de laquelle on avait évidé le nom d'Antikvariat ainsi que la forme d'un livre ouvert. Le tout se balançait au gré des courants d'air venus du fleuve qui s'engouffraient dans la percée, et si l'on tendait bien l'oreille on pouvait entendre le couinement du métal poli autour de l'axe. Pas un passant ne remarquait le lourd portail fermé du passage Kepler, seules leurs ombres s'y adossaient.

Il vint s'abriter sous le porche de l'église Saint-François dont le carillon marqua la demie de trois heures. L'attente grilla une bonne partie du paquet de Gauloises dont il balançait les mégots, d'une chiquenaude, vers les arêtes brillantes des rails de tramways. Le froid avait tout d'abord engourdi les extrémités avant de gagner le reste du corps, au rythme de la tombée de la nuit. Les ministères libérèrent bientôt leurs armées de reclus volontaires qui transformèrent la mince couche de neige en une boue visqueuse. Il eut l'impression que tous les habitants du pays étaient passés devant ses yeux, et s'apprêtait à quitter son poste d'observation quand la petite porte ménagée dans le portail s'ouvrit sur un rectangle d'obscurité. Une silhouette massive apparut. L'homme hésita sur le seuil, puis il se mêla à la foule. Il releva le col de son manteau pour se diriger vers le pont Charles, passant à une encablure de Novacek. Il reconnut le libraire d'ancien à carrure de rugbyman qui lui avait présenté les ouvrages de Vitruve et de Papert. Il le laissa prendre une vingtaine de mètres d'avance et franchit la Vltava dans son sillage. On ne distinguait que le contour des statues dont la masse noire se confondait avec le ciel. Le libraire fit une halte pour acheter un paquet de cigarettes. Les chasseurs d'images et de

souvenirs avaient déserté le quartier avec la disparition du jour, aucun guide ne leur disant que c'est à
cette heure précise où l'œil ne s'habitue pas encore à
la densité de la nuit que la ville révèle ses secrets.

Ils escaladèrent un escalier étroit éclairé par un
réverbère fiché dans un mur aveugle. Devant un palais
baroque un guitariste plaquait les accords approxima-
tifs de *Strangers in the Night* en se servant du porche
comme d'une caisse de résonance. Les commerçants
faisaient leurs comptes dans les arrière-boutiques de
la rue Neruda tandis que là-haut, au sommet des
rampes de pierre, les officiels vérifiaient une centième
fois les détails de la réception donnée par le président
Havel en l'honneur d'un récent chef d'État balte dont
personne ne parvenait à retenir le nom. Novacek dut
s'arrêter à plusieurs reprises au cours de l'ascension
de la colline de Mala Strana quand, les rues étant par
trop désertes, il avait l'impression que le bruit de ses
pas emplissait tout l'espace. Il se forçait à fixer la surface noire du manteau, en reprenant son souffle, et
pendant de brefs instants l'homme lui faisait penser à
une statue en marche.

La cathédrale Saint-Gui se dressa tout d'un coup
devant eux, au débouché d'une ruelle. Une chaude
lumière intérieure dansait derrière la rosace de
Kysela, éclairant les scènes de la Création du Monde,
les motifs des vitraux. Le libraire traversa l'esplanade
et grimpa les quelques marches conduisant aux trois
portails en ogive sans un regard pour le mendiant qui
tendait une main, l'autre repliée en conque sur son
cœur. Novacek lui abandonna vingt couronnes en passant sous le triptyque en mosaïque. Son poisson pilote
avait marqué un temps d'arrêt devant le bénitier cen-

tral. Une inclinaison du buste, un geste rapide pour marquer les quatre temps, un regard vers la croix, et il s'était tout d'abord dirigé vers le triforium avant de longer la galerie des Bustes. Novacek naviguait dans la nef, la tête inclinée vers le sol comme tous les pénitents. Il fréquentait rarement les églises : elles étaient attachées, dans son souvenir, à la disparition des êtres chers. Il lui suffisait de fermer les yeux pour se construire un lieu de mémoire plus impressionnant que la plus vaste des cathédrales. Le libraire revint sur ses pas, et inspecta l'intérieur de la chapelle décorée par Mucha. Il finit par aller droit sur l'autel principal qu'il contourna. Il ralentit le pas en arrivant près des tombeaux des rois de la dynastie des Přemyslides. Dissimulé derrière un pilier, Novacek le vit s'agenouiller et tourner la tête vers la statue du cardinal de Schwarzenberg à laquelle il commença à parler. Le détective avança légèrement pour élargir son champ de vision. Un deuxième homme se tenait tapi dans l'ombre, les avant-bras posés sur la barre horizontale d'un prie-Dieu. La conversation fut brève. L'inconnu se releva et quitta le libraire sans lui adresser le moindre regard. Il était de petite taille, enveloppé dans un épais manteau qui ne laissait apparaître qu'un crâne chauve sur lequel ne subsistait qu'une étroite couronne de cheveux gris. Il longea la cathédrale, traversant une série de placettes, de cours, pour rejoindre enfin la rue Jirska. Il s'arrêta sous un candélabre pour chercher ses clefs, et s'approcha d'une Lancia bleue dont il déverrouilla les portières au moyen de sa télécommande. Le moteur ronfla en émettant cet inquiétant claquement métallique caractéristique des mécaniques italiennes. Novacek eut tout juste le temps de noter le numéro de la plaque, ADC-98-76, quand le Colonel déboîta nerveusement pour filer en direction du Château.

Novacek intercepta un taxi brinquebalant au moment où il repartait après avoir déposé un couple devant le restaurant de la Loretanske namesti. Dès qu'il comprit qu'il véhiculait un Français, le chauffeur coupa la radio qui diffusait un programme de chants folkloriques pour se mettre à réciter la liste des meilleurs joueurs de foot tricolores, la voix hachée par les bonds de la voiture mal amortie, sur les pavés.

— Ginola... Cantona... Boli... Platini... Trésor... Fernandez... Tigana... Zidane... Di Meco... Mazzolini... Gnako... Waddle...

— Ah non, pas Waddle ! Il jouait peut-être à Marseille, mais lui, c'est un Anglais !

Le Passe-Muraille

L'omelette au jambon fumé que Paola lui avait préparée était encore tiède. Il la mangea en buvant une bière à petites gorgées. Il se déplaça jusqu'à la fenêtre, attiré par la valse des gyrophares de voitures de police qui bleuissaient les eaux du fleuve vers l'anse de Pristav. Des ambulances et des dépanneuses, grosses comme des jouets, franchirent le pont du stade en miaulant pour passer sur la rive droite. Il pianota distraitement sur les touches du téléphone, et fut tout surpris d'entendre la voix d'Alain dès son premier appel.

— Tiens, tu as payé ta facture ?

— Pourquoi tu me dis ça ?

— Pour rien, Alain... Je constate seulement que la ligne est rétablie !

— Je ne voudrais pas être désobligeant, mais je te ferais remarquer que les trois quarts du temps c'est pour les besoins de ton enquête...

— N'exagère pas... Qu'est-ce que tu as gagné depuis trois jours ? Un magnétoscope, un wagon de Compact Disc, douze minichaînes ?

— Je crois que j'ai du nouveau au sujet de Frédéric Doline... Enfin pas exactement sur lui, mais sur l'A.I.E.M., leur association internationale de malfaiteurs... Ça t'intéresse ?

Novacek coinça le bloc du téléphone sous son bras et le combiné dans le creux de son cou pour débarrasser la table tout en poursuivant sa conversation avec Alain.

— Dis toujours.

— J'ai réussi à pirater la banque de données à diffusion restreinte de la Documentation française. Une véritable mine ! Youri Setiolov a donné plusieurs interviews lors d'un voyage en France, en 1986. Il prétendait faire partie de la suite de Gorbatchev et s'était autoproclamé « conseiller culturel », ce qui fait que le ministère des Affaires étrangères le faisait suivre de près... Dans un entretien à « Panorama », il explique ses objectifs. C'est absolument grandiose ! D'après lui le ministère de la Défense de ce qui s'appelait encore l'Union soviétique était prêt à lui refiler un porte-avions désarmé qu'il se faisait fort de transformer en « Fantastic Park » itinérant... Une sorte de musée vivant avec des expos, des spectacles, une imprimerie, des rencontres, qui se serait promené autour du globe en jouant le rôle d'ambassadeur de la paix et de la culture...

— On m'a passé un article du même acabit paru en Tchécoslovaquie... Il n'en était pas encore au porte-avions, il se contentait de voitures.

Alain accusa le coup.

— Il est question d'un André Molovitch dans ton papier ?

— Non. Qui est-ce ?

— Un drôle de paroissien... Administrateur du groupe d'assurances Malesherbes, il pédégéait une série de sociétés d'import-export, et il avait des intérêts dans la chaîne d'hôtels Madeleine... Un gros poisson des profondeurs... C'est sur lui que Setiolov s'appuyait, en France, pour développer les activités de son consortium. Et il n'est pas inintéressant de savoir que Molovitch tirait les ficelles des éditions du Passe-Muraille qui ont publié trois titres de Frédéric Doline au milieu des années 80... Alors ?

— Le problème c'est qu'il ne figure pas sur la liste des invités à Prague, en février 1989... Tu n'as rien d'autre sur lui ?

— J'ai tout, à part la liste de ses maladies infantiles... Il est né Andreï, et non André, en octobre 1917 à Almarita, et ses parents ont fait partie de ces Soviétiques qui se sont enrichis lorsque Lénine s'est converti à la loi du marché et qu'il a lancé la Nouvelle Politique économique, en 1921... L'import-export, déjà... La famille est venue s'installer dans un appartement de la rue Thureau-Dangin, en 1926, pour diriger leur succursale. Ils ont tous acquis la nationalité française dix ans plus tard, au moment du Front populaire, et ils ont émigré vers Neuilly-sur-Seine, où ils ont vécu en bons bourgeois toute la durée de la guerre...

— Ça sent les services à plein nez !

— Oui, d'autant que le documentaliste signale que l'appartement de la rue Thureau-Dangin a servi de planque à Jacques Duclos, le numéro deux du P.C.F., au moment où il négociait la reparution de *L'Humanité* avec les autorités nazies, sous couvert du Pacte germano-soviétique... Il l'a quitté juste avant l'invasion de l'U.R.S.S. pour un pavillon de Villebon-sur-Yvette... Par la suite André Molovitch a rejoint le mouvement gaulliste : il en a connu tous les dossards, R.P.F., U.N.R., U.D.R., R.P.R. Il a siégé au Conseil général de la Seine, au moment de la guerre d'Algérie, et l'Histoire n'a retenu qu'une seule de ses interventions... En octobre 1961, il préconisait de remplir tous les vieux avions en bout de course de musulmans, et de les renvoyer en Algérie...

— Il était en avance sur son temps : c'étaient les ancêtres des charters...

— Oui, sauf qu'il ajoutait : *Malheureusement, la décision d'abattre ces avions en plein vol n'appartient pas au Conseil général de la Seine.*

— Charmant personnage ! Et qu'est-ce qu'il fabrique maintenant ?

— Rien, du moins officiellement... Il a fait partie du Comité national de soutien pour le second septennat de François Mitterrand, et s'est retiré des affaires en janvier 1991, à soixante-treize ans, une semaine seulement après la disparition de l'Union soviétique.

Novacek avait pris quelques notes sur le dos de l'enveloppe kraft laissée par Osvald.

— Je me demande bien ce que je vais pouvoir faire de tout ça... Ce qui me rendrait service, Alain, c'est que tu jettes un œil sur le catalogue des éditions du Passe-Muraille, j'aimerais savoir quels auteurs étaient publiés par Molovitch...

Cordier avait anticipé la demande : il lui cita les noms d'une dizaine d'écrivains français représentatifs de la confusion qui régnait sur la scène littéraire parisienne. Un ancien activiste maoïste de la Gauche prolétarienne côtoyait un ex-dissident soviétique partisan de la Grande Serbie ; le frère alcoolique d'un chanteur végétarien cosignait, en compagnie d'un penseur du

Front national, un pamphlet antisémite dans lequel on apprenait, par exemple, que Benguigui perçait sous Bruel, ou qu'on ne pouvait rien dire des juifs infiltrés dans le show-biz sous peine d'être victime de la terreur qu'ils y faisaient régner ! Il y avait encore une starlette fatiguée, un type qui écrivait de la main droite pour *L'Humanité*, de la main gauche pour *Le Figaro*, et qui avait ratatiné son écriture à force de la calibrer pour les prix de la rentrée. Il s'apercevait un peu tard qu'il n'existait pas de lifting pour les écritures ridées. Le nom du président de l'Association tchécoslovaque des écrivains de mystère flottait à la surface de cette soupe trop grasse : Karel Bogdan avait publié un livre au Passe-Muraille, en octobre 1989, le mois précédant la Révolution de velours. Son roman, le premier et le dernier de la collection « Fantastique de l'Est », s'intitulait *Un coupable à la clef.*

Les rythmes circadiens

Il prit la décision de quitter Prague au petit matin alors qu'il se faisait réchauffer un fond de café et passa un coup de fil à Dobris où on lui apprit que le château avait été transformé en hôtel de luxe. Il retint une chambre, sous un nom d'emprunt, et vint frapper plusieurs fois chez sa logeuse, mais Paola n'était pas chez elle. Un voisin lui fit comprendre qu'elle était partie au marché, et Novacek glissa un mot sous la porte, à l'intention d'Osvald. Le métro, bourré d'étudiants, le conduisit jusqu'à la station Dejvicka. Il laissa l'ancienne place Lénine derrière lui, l'hôtel *Diplomate* en ligne de mire. Le parking se trouvait sur sa droite, juste après les derniers abris d'autobus. La guérite installée à mi-pente était déserte. Il trouva le gardien occupé à raviver les lignes délimitant les boxes à la peinture fluo. Au fond du parking, éclairés par la lumière aveuglante d'une baladeuse, trois types auscultaient les entrailles d'une Porsche. Ils le dévisagèrent et ne se replongèrent dans les mystères du moteur quatre temps que lorsque le gardien prit Novacek par le bras pour l'entraîner vers le deuxième sous-sol. Il souleva une bâche grise qui comptait davantage de pièces qu'une voile après un tour du monde, et taxa le détective de mille cinq cents couronnes. La Volvo démarra du premier coup. En passant devant le panneau tarifaire, rue Studentska, Novacek constata qu'il venait de payer la semaine au prix du trimestre. Il prit la direction du stade olympique puis traversa la Vltava afin de mettre le cap au sud. Les sinistres cités d'inspiration lecorbusienne de la périphérie laissèrent peu à peu place à une campagne tout aussi désolante. Il quitta bientôt la rectiligne autostrade de conception allemande pour s'engager sur une petite route qui prenait le temps de rencontrer tous les villages. Il glissa la cassette de Dee Dee Bridgewater dans l'appareil.

C'est l'inconnue à qui l'on dit oui
Pour un regard tout au bout d'la nuit
C'est l'éclair blanc du couteau qui jaillit
Une course haletante au bord de l'asphyxie
C'est ton passé qui met l'blues dans ta vie
Dans les villes la nuit
Dans les villes la nuit
C'est chaud, c'est triste, c'est ça ta vie...

Il demeura une bonne dizaine de kilomètres dans le sillage d'un car de ramassage scolaire qui finit par se ranger sur une chicane. Il longea ensuite les clôtures surmontées de barbelés d'une vaste usine métallurgique. Des camions-bennes sillonnaient les allées boueuses entre d'interminables ateliers aux toits crevés. Plus haut, le vent renonçait à disperser les fumées compactes qui sortaient d'une batterie de cheminées. La nature d'hiver reprit le dessus.

Le château Dobris occupait un petit promontoire

rocheux à l'entrée du bourg auquel il avait donné son nom. La Volvo traversa la place, passa sous un porche pour venir se garer près d'un ensemble en bronze représentant un cheval attaqué par un lion, et qui se dressait au milieu d'une esplanade pavée. Des jardins à la française impeccablement entretenus s'étendaient, à droite, jusqu'au mur courbe d'une orangerie flanquée d'une gigantesque fontaine. Plus loin des pelouses descendaient en pente douce vers un petit lac d'agrément. De vastes ailes ocre, percées d'une multitude de fenêtres, barraient le paysage de chaque côté du perron agrémenté de colonnes doriques et surmonté d'un péristyle. Sur un panneau certainement dû à l'école Molitor, des enfants nus, joufflus et fessus, batifolaient parmi de petits nuages en stuc. Novacek prit son sac, dans le coffre, et grimpa les marches. Quelques personnes âgées prenaient l'apéritif dans le salon. Il s'approcha de l'accueil aménagé entre les parenthèses formées par l'escalier double. Il tendit une carte à l'hôtesse.

— J'ai retenu une chambre par téléphone, ce matin...

Elle déchiffra le rectangle de carton tout en examinant son registre.

— Monsieur Paul Grindel... C'est exact... Nous vous avons réservé un appartement au premier étage, dans l'aile qu'occupait Voltaire lorsqu'il séjournait à Dobris...

Elle remit une clef à un groom qui se chargea des bagages. Novacek lui laissa prendre un peu d'avance. Il se pencha vers l'hôtesse.

— Je suis historien, et même si je suis en vacances, je ne peux pas m'empêcher d'effectuer quelques recherches. Je suis passionné par les traces de la présence française en Bohême... Vous pensez que quelqu'un, ici, pourrait me faire partager un peu de son savoir ?

— Je demanderai à Mme Branik de venir à votre table en fin de repas... C'est notre directrice, et elle travaille à Dobris depuis de longues années.

Le groom s'appelait Jan, et il avait sensiblement le même âge que son client. Il le fit entrer dans une chambre d'une cinquantaine de mètres carrés meublée en pur style Louis XV dont la pièce maîtresse consistait en un lit à baldaquin tendu de voiles transparents. Une pendule en bronze doré était posée au-dessus de la cheminée, et Jan lui montra comment bloquer le mécanisme au cas où le tic-tac antique troublerait son sommeil. Plusieurs tableaux complétaient la décoration, dont un, de valeur inestimable selon Jan, avait été peint par Girolamo Battoni en 1747, et représentait les propriétaires du château à cette époque, Joséphine et Henry-Paul Mansfeld. Novacek se défaussa d'un billet de cent couronnes. Il prit une douche avant de descendre dans la salle à manger. Une fresque détaillant les quatre saisons de la chasse occupait les murs tandis qu'anges et muses squattaient le plafond. Un maître d'hôtel voulut le placer au centre du restaurant, sous un lustre presque aussi gros qu'une montgolfière, mais il accepta, avec un sourire, de lui octroyer une table près d'une des fenêtres qui ouvraient sur le parc. Toutes les chaises trouvèrent preneur. Après une terrine de truite à la Robytka et un filet de faisan arrosé de vin de Bohême, Novacek, son ultime Gauloise aux lèvres, se laissait gagner par une douce torpeur quand une belle femme d'une cinquantaine d'années s'approcha de sa table.

— Vous êtes bien monsieur Paul Grindel ?

Il se redressa.

— Oui...

Elle s'inclina légèrement.

— Vous avez demandé à me voir... Je suis Alina Branik, la directrice du château Dobris... Je vous adresse mes meilleurs vœux de bienvenue, et j'espère que tout se passe pour le mieux... Votre chambre vous plaît ?

Il l'invita à s'asseoir en face de lui, et écrasa avec regret sa cigarette dans le cendrier en cristal.

— Je vous remercie, c'est un véritable paradis...

Un employé leur servit du café.

— On m'a confié que vous étiez historien... Nous recevons de très nombreux universitaires dans notre bibliothèque qui, vous le savez certainement, possède le plus important fonds mondial de documents relatifs à la dynastie des Přemyslides...

Il appuya sur le piston de la pince pour prélever un sucre.

— Pour être tout à fait franc, madame Branik, je ne suis pas très familier d'Otakar Ier Přemysl et de toute sa descendance... Je m'intéresse davantage à l'histoire littéraire française, et ce bâtiment a, paraît-il, hébergé de nombreux écrivains français...

— Plusieurs dizaines en deux siècles et demi d'histoire... Voltaire bien sûr, mais aussi Lamartine, Stendhal, Théophile Gautier, George Sand ou Paul Morand... Ils nous ont presque tous laissé quelques pages, écrites lors de leur séjour...

— Je les consulterai avec beaucoup d'intérêt...

J'aimerais également regarder ce qui concerne les auteurs contemporains...

— Nous avons reçu Martin Andersen Nexö, Jorge Amado, Pablo Neruda, William Saroyan, Nicolas Guillén...

— Je me suis mal exprimé : contemporains et français...

Alina Branik fit la moue en reposant sa tasse, et il n'arriva pas à savoir si c'était son souhait qui l'avait provoquée ou bien un soupçon de marc au fond du récipient.

— À part Louis Aragon qui est venu saluer le Congrès des écrivains tchécoslovaques qui se tenait dans cette salle en 1962, je crains que vous ne trouviez pas grand-chose qui vaille la peine d'être retenu par l'Histoire, monsieur Grindel...

Elle se leva et Novacek l'imita.

— Si vous disposez d'un quart d'heure je pense que vous ne regretterez pas de venir admirer la réalisation dont nous sommes le plus fiers à Dobris...

Il l'accompagna dans le parc, et ils contournèrent les massifs de feuillus jusqu'à l'orangerie. Ils pénétrèrent sous la verrière, et l'odeur tiède de l'humus lui rappela le jardin d'hiver qui jouxtait le bureau de Ladislas Mirotek au dernier étage de l'hôtel *Forum*.

— Notre pays a de tout temps été un refuge pour les penseurs, les scientifiques...

Novacek se contenta de toussoter sur l'affirmation « de tout temps ». Il se porta en avant pour relever une branche d'arbre qui gênait le passage. Alina Branik le gratifia d'un sourire. Ils arrivèrent au cœur de la serre, près d'un sycomore, où les jardiniers avaient aménagé une sorte de rond-point en terre d'environ dix mètres de rayon. Une planche peinte dans la tonalité du terreau permettait d'en gagner le centre. Novacek remarqua que le cercle était divisé en une bonne vingtaine de portions au moyen de réglettes d'aluminium mises bout à bout, et que des végétaux de diverses sortes poussaient dans chaque parcelle. Alina Branik fit un tour complet sur elle-même.

— Nous reconstituons ici une expérience du Suédois Carl von Linné sur les rythmes circadiens...

Elle dut voir les rides d'incompréhension qui se creusèrent sur le front de son interlocuteur.

— Il s'agit tout simplement d'un rythme biologique dont la fréquence est de vingt-quatre heures... Ils sont observables chez tous les êtres vivants, mais on les étudie plus facilement sur une matière immobile, comme les fleurs...

— Je passe ma vie dans les bibliothèques, et c'est tout juste si je m'aperçois du changement des saisons... Ne me demandez pas d'énumérer les différences entre une violette et une pensée...

— Carl von Linné était un visionnaire : il avait compris qu'il existait, dans la nature, toute une série d'horloges biologiques fondées principalement sur l'alternance du jour et de la nuit. Il s'est mis à classer les végétaux en plusieurs catégories : jour long/nuit courte comme le lilas, le muguet, le mouron rouge, ou jour court/nuit longue comme le chrysanthème ou le topinambour... À partir de là, il a conçu cette horloge florale...

Novacek écarquilla les yeux.

— Parce que c'est une horloge ?

— À l'origine il n'y avait que douze espèces de fleurs, mais nous avons amélioré le système en doublant le nombre. Chacune des espèces possède ses propres caractéristiques. Elle s'ouvre et se ferme à une heure bien précise. Le millepertuis éclôt le matin, entre sept et huit heures, et se ferme vers dix-sept heures... La primevère ne s'ouvre pas avant neuf heures et se couche à dix-huit heures... Aucun des cycles n'est identique à un autre... Nénuphar blanc, anagallis, hypericum, dianthus, calendula... Depuis Linné, en 1765, personne au monde n'avait reconstruit cette horloge...

Novacek tapota sa Swatch.

— C'est peut-être qu'on a trouvé plus pratique...

Sur le fil

Novacek passa une grande partie de la journée à se familiariser avec les lieux, et à répondre aux sourires de bienvenue des vieux couples qui prenaient le soleil dans les allées du château. Le village de Dobris n'offrait qu'un intérêt limité au touriste de passage. Une place de marché, le terminus d'une ligne d'autocars, un bar dans lequel on pouvait renouveler son stock de dentifrice ou de lames de rasoir. À la nuit tombée il se dirigea vers la bibliothèque qui occupait une pièce du deuxième étage. Alina Branik était passée avant lui : elle avait fait préparer les documents relatifs aux différentes visites effectuées par des penseurs français. Le conservateur, un petit homme taciturne dont la peau semblait avoir pris la teinte des reliures, s'appelait Michal Botolan. Novacek fit semblant de s'intéresser à la sélection. Il feuilleta d'un air convaincu la pile de lettres, de notes laissées par l'architecte royal et administrateur des ateliers de tapisseries des Gobelins, Jules Robert de Cotte, qui dressa les plans de reconstruction de Dobris au milieu du XVIIIe siècle. Un deuxième dossier d'égale importance contenait les contributions de son collaborateur,

Giovanni Niccolo Servandoni, un Florentin devenu français par protection royale. Il s'épuisa les yeux sur les manuscrits de Voltaire avant de lire le brouillon d'un poème d'Aragon daté de 1962 :

Dans le Hradschin désert la ~~nuit~~ lune est sans rivale
Elle ~~trace~~ peint sur le pont le deuil blanc des statues
La radio ce soir a parlé de Nezval
~~Elle a dit~~ Pour dire qu'il s'est tu

~~Rime~~ Strophe que la main ~~cadence~~ ponctue ô strophe
au-delà
De quoi commence le voile funèbre au-dessus du pont
Charles
~~Temps~~ Nuage qui passe ~~et que le~~ par le vent emporté
J'éclaircirai ma ~~voix~~ gorge comme le ciel

Le bibliothécaire se pencha par-dessus son épaule.

— Nous possédons une édition française de ce poème écrit en hommage à Vitezslav Nezval, ainsi que la conférence que Louis Aragon a prononcée à l'université Charles, à propos du réalisme en littérature... Je peux vous les rechercher, monsieur Grindel. Vous les aurez demain matin.

— Je connais le texte, je vous remercie... Je préférerais consulter des documents plus récents. On m'a parlé d'un congrès d'écrivains de roman fantastique, en 1989... Il doit bien y avoir quelque chose à ce sujet, non ?

La moue qu'il fit au mot « roman » redoubla d'intensité sur « fantastique ».

— Je n'ai rien vu dans le fichier... Nous ne conservons que les pièces ayant un intérêt historique ou littéraire. Tout le reste est versé aux Archives nationales, à Prague.

Novacek se tourna vers lui.

— Vous pouvez peut-être m'indiquer le chemin à suivre ?

— C'est impossible de s'y retrouver, pour le moment... Il faudra être patient... Il y a eu trop de bouleversements ces derniers temps...

Le soir il se contenta d'une soupe aux pâtes qu'il avala rapidement devant la porte-fenêtre. Il prit une bière bouteille au bar, en passant, et rejoignit sa chambre. La télé du jeune couple qui avait pris possession de l'appartement contigu diffusait le journal. L'écho des tirs serbes sur les enclaves musulmanes traversa la cloison. Il s'installa dans le fauteuil pour faire le point en sirotant sa Pilsen, et c'est en renversant la tête pour faire couler les dernières gouttes de liquide sur sa langue qu'il s'aperçut que l'un des angelots en plâtre qui couraient le long de la frise du plafond lui faisait de l'œil. Il posa la bouteille, grimpa sur le lit, et de là sur le chevet. Il tendit la main. Son doigt explora le contour de l'orbite de la figurine. Une cavité vide du diamètre d'une pièce de dix centimes. Il appuya sur les moulures qui entouraient le personnage. L'un des filets s'aplatit sous la pression. Il l'arracha et identifia une gaine électrique que l'on avait, elle aussi, délestée de son contenu. Il suivit le parcours du circuit en palpant la décoration de la chambre de Voltaire, pour arriver à la conclusion que trois caméras miniatures devaient encore balayer le champ peu de temps auparavant. La gaine s'enroulait sur elle-même, au centre d'une rosace, et disparaissait à travers le mur, en direction du couloir. Il attendit que tout le monde soit couché pour s'aventurer hors de sa chambre et poursuivre son jeu de piste. Les fils provenant des différentes chambres de l'étage convergeaient en direction d'un placard qu'il ouvrit au moyen de sa clef de contact. Il alluma son briquet pour constater que les traces de quatre vis, dans le bois du tableau électrique, témoignaient de la présence d'un relais. Il reculait, à la recherche d'un nouvel indice, quand il buta contre quelqu'un. Il se retourna sur Jan, le groom qui avait monté ses bagages lors de son arrivée à Dobris, et qui le regardait, une moue ironique aux lèvres.

— Vous avez un problème de lumière, monsieur Grindel ?

Novacek pointa du doigt la pièce manquante.

— Plus de son ! Plus d'image ! Je peux me débrouiller seul si tu me dis où se trouve la régie technique...

Jan referma la porte du placard avant d'entraîner Novacek vers sa propre chambre.

— Je ne sais pas ce que vous cherchez, mais vous ne trouverez plus rien ici. Ils sont venus tout démonter il y a trois ans... Je venais juste de commencer à travailler à Dobris.

— Qui « ils » ?

— Des gens en civil, mais il ne fallait pas être trop futé pour comprendre que c'étaient des flics de la nouvelle police politique. La différence avec l'ancienne c'est qu'ils disent « pardon » quand ils vous bousculent... Ils ont emporté tout le matériel ainsi que la plus grande partie des radiocassettes et des vidéos...

Novacek fronça les sourcils.

— Tu as bien dit « la plus grande partie » ?

— Oui...

— Tu sais où est le reste ?

Il frotta son index contre son pouce, un signe que même un aveugle peut comprendre. Novacek sortit son portefeuille, et ils transigèrent à mille couronnes.

— Après leur départ j'ai vu la directrice qui les enterrait sous l'horloge florale, dans l'orangerie...

— À quel endroit exactement ?

— Entre dix heures et midi...

Il lui remit cent couronnes supplémentaires avec la carte d'Osvald.

— S'il m'arrive quoi que ce soit, téléphone à ce numéro...

La sélection

Le ciel de nuit était dégagé. La lumière pâle de la lune enveloppait les héros de pierre disséminés dans le parc, et Novacek contourna la statue d'Héraclès tout en observant la façade endormie du château. De temps en temps le faisceau d'un phare venait balayer les branches des arbres, ou se reflétait en dansant sur les vitres alignées. Il se décida à courir, cassé en deux, dans l'allée encadrée de troènes qui menait à l'orangerie. Une grille accordéon, noire de graisse, protégeait l'entrée de la serre. Il longea la structure de fer et de verre pour finir par trouver le moyen d'entrer. Un muret permettait d'accéder au toit de la chaufferie, et de là d'atteindre une lucarne entrebâillée. Sa silhouette mobile se découpa sur l'horizon le temps de l'escalade. Il se laissa glisser le long d'une conduite tiède et sauta, en fin de course, sur un tas de terreau. Quelques oiseaux dérangés dans leur sommeil se mirent à voler sous la verrière, à se cogner aux limites du piège en poussant des cris d'alerte. Il attendit que tout soit rentré dans l'ordre pour se diriger vers l'horloge florale. Il traversa un carré de fruitiers d'Asie délimité par des pousses de robinier, de sorbier, laissa sur sa gauche la mare aux grenouilles et ses plantes aquatiques, et mit le cap sur le sycomore. Toutes les plantes semblaient en état de veille.

Novacek compta les réglettes d'aluminium pour repérer les portions de cercle symbolisant le temps compris entre dix heures et midi. Il commença par arracher quelques fleurs, des *Anthericum lilagro* selon une petite fiche plantée dans la terre, s'agenouilla pour creuser tout à son aise. Il se rendit rapidement compte qu'il lui faudrait utiliser d'autres outils que ses mains nues. Un pot en terre cuite fit l'affaire. Il dégagea la première couche assez friable puis s'attaqua à la deuxième strate nettement plus tassée. Le coin d'un film plastique de protection apparut lorsqu'il atteignit une profondeur d'environ trente centimètres, et moins d'un quart d'heure plus tard il ramenait à la surface une valise Samsonite dont il fit sauter les serrures à l'aide d'un morceau de ferraille. Elle était remplie à ras bord de cassettes audio et vidéo méticuleusement classées. Certains noms inscrits sur de minces étiquettes autocollantes lui étaient familiers. Un écrivain autrichien, un philosophe allemand, un poète français, une romancière suédoise... Frédéric Doline était présent dans chacune des piles : il avait eu droit à deux cassettes sonores ainsi qu'à une cassette vidéo. Novacek les glissa dans ses poches.

Il débloqua une porte de service. Un nuage affilé comme une lame de couteau partageait la lune en deux parties égales. Un couloir s'éclaira au deuxième étage du château. Il attendit que les lumières s'éteignent pour filer droit sur la statue du Triton qui, de ce côté du parc, marquait l'emplacement du parking. Il s'installa au volant de la Volvo, mit le contact et enclencha la première cassette dans la fente de l'appareil. Il y eut d'abord des bruits indéfinissables, des raclements de chaises sur du carrelage, puis un homme, très certainement Karel Bogdan le président de l'A.T.E.M., prononça quelques phrases de bienvenue dans un anglais coloré d'un fort accent tchèque.

— Je vous remercie encore une fois d'avoir accepté de venir en Tchécoslovaquie dans cette période où nous subissons tant d'attaques. Notre seul but en organisant cette rencontre est de développer la coopération entre les différentes cultures, de tisser des liens d'amitié entre l'ensemble des écrivains de mystère à travers le monde. Je dois tout de même vous informer que plusieurs de nos collègues américains nous ont fait parvenir un télégramme dans lequel ils évoquent le sort de Vaclav Havel, et nous demandent d'intervenir auprès des autorités pour réclamer sa libération. Ce n'est pas mon avis...

Frédéric Doline prit la parole à la suite, dans la même langue qu'il maîtrisait à la perfection.

— Je suis tout à fait d'accord avec ce que vient de déclarer notre ami Karel... Nous ne devons pas céder à la pression extérieure. Ce n'est pas le rôle des écrivains. Je suis persuadé que nous serons beaucoup plus efficaces si nous agissons discrètement. Le bruit, les gesticulations desservent plus qu'elles ne règlent les problèmes...

Ce fut au tour d'un intellectuel allemand de donner son point de vue.

— Hier soir après la réception à l'ambassade du Mexique, j'attendais Dietrich Manterlé qui devait me ramener ici, à Dobris. J'ai discuté avec un Tchèque d'une cinquantaine d'années, sur le trottoir... Je lui ai demandé ce qu'il pensait des contrôles policiers. Il m'a répondu : « Ne vous faites pas de souci pour ça, ils font leur travail, ce n'est pas votre problème d'étranger... » J'ai la même position que ce Tchèque en ce qui concerne Vaclav Havel. Quand je serai de retour à Munich, j'écrirai une lettre à Karel pour le remercier de son hospitalité, et une autre au président de la République tchèque pour lui demander la grâce de Vaclav Havel.

La voix de Youri Setiolov, le fondateur soviétique de l'Association internationale des écrivains de mystère, remplaça celle de Klaus Fleischung.

— Je propose une chose pour répondre au souci démocratique et humanitaire de nos amis américains : nous pourrions, par exemple, nous entendre sur une déclaration demandant la grâce de cet écrivain, et je me chargerais de la rendre publique dès mon retour à Moscou, la semaine prochaine. Je crois que cette manière de procéder aurait une influence bénéfique sur les responsables politiques tchécoslovaques...

Frédéric Doline reprit le micro après quelques mots d'approbation de Karel Bogdan.

— Je veux bien me rallier à cette proposition bien que je sois persuadé, comme Klaus Fleischung, que c'est aux Tchécoslovaques qu'il appartient de régler la situation... Un historien praguois m'a expliqué ce qu'il s'est passé le 16 janvier dernier, ce dépôt de fleurs place Wenceslas... C'est vrai que cela ne mérite pas neuf mois de prison...

Il fut soutenu par le représentant autrichien, Dietrich Manterlé.

— D'autant que l'on fait grand cas de ce Vaclav

Havel... Pour se dire écrivain, encore faudrait-il être publié dans son propre pays !

Il était sur le point de placer la deuxième cassette dans le logement quand la portière s'ouvrit violemment. Il n'eut pas le temps de tourner la tête que le canon glacé d'un revolver laboura sa joue. L'autre porte avant s'ouvrit également. Il tourna les yeux sur sa droite pour apercevoir le visage de la directrice du château Dobris, Alina Branik. Elle s'empara des enregistrements.

— Vous êtes vraiment trop curieux, monsieur Grindel... C'est bien ainsi que vous souhaitez que je vous appelle ?

Novacek profita d'un relâchement de la pression pour jeter un coup d'œil sur sa gauche. Il reconnut l'homme au loden, celui que Ladislas Mirotek avait identifié comme étant un certain Pokorne. Le tueur passa à l'arrière de la Volvo. Alina Branik pointa le doigt vers la grille du parc.

— Vous allez sortir du domaine, tous phares éteints, et prendre à droite, sur la place. Je vous conseille de ne pas faire de bêtises : nous n'avons pas l'habitude de prendre des risques inutiles...

Il se conforma aux ordres, n'allumant les feux de croisement qu'une fois dépassées les limites du village.

— Pourquoi vous intéressez-vous tant à ce Frédéric Doline ? C'était vraiment un écrivain de troisième ordre...

Il s'engagea sur un chemin de terre qui sinuait entre deux haies. L'arme tressautait sur sa nuque.

— Je pourrais vous retourner la question... C'est vous qui l'avez invité en 1989... Il devait bien vous servir à quelque chose...

Elle l'approuva d'un mouvement de la tête.

— C'est vrai que nous étions plus regardants dans les années 60... Tous les grands noms de la littérature mondiale faisaient le pèlerinage à l'Est... Après l'invasion de l'Afghanistan et l'état d'urgence en Pologne, plus personne n'acceptait le billet ! Comme notre gouvernement avait besoin de démontrer qu'il n'était pas isolé, nous faisions venir toutes sortes de Doline... Peu nous importait qu'ils soient inconnus dans leur pays, le principal était de faire croire au peuple tchécoslovaque que des intellectuels occidentaux nous soutenaient encore...

Les phares de la Volvo éclairèrent la cour d'une ferme abandonnée.

— Et qu'est-ce que vous leur donniez en échange ?

— Garez-vous dans la grange... On ne donnait pas grand-chose : il n'y a rien de plus facile que de faire croire à un écrivain qu'il est génial... Surtout s'il juge qu'il n'est pas apprécié à sa juste valeur par ses compatriotes... Il devient totalement aveugle... Nous les traitions comme des ministres, à Dobris ou ailleurs, et les Unions des écrivains de nos différents pays faisaient traduire leurs livres en russe, hongrois, bulgare, cubain, polonais, tchèque, vietnamien... Il n'y avait même pas besoin de les payer, la satisfaction de leur vanité leur suffisait !

Pokorne était revenu à hauteur de la portière avant qu'il ouvrit pour tirer Novacek par le col de son manteau. Il lui ordonna de prendre une pelle et de creuser près d'une ancienne fosse à purin. Le fer de l'outil attaqua la terre durcie par le gel. Pokorne se tenait à distance, appuyé contre une carcasse de tracteur, une cigarette aux lèvres, tandis qu'Alina faisait faire un

213

demi-tour à la Volvo. Novacek en rajoutait, mimant la difficulté pour gagner un peu de temps. Il évaluait les chances de toutes les tentatives qui lui venaient à l'esprit, mais aucune ne passait la barre des dix pour cent de réussite... Jeter une pelletée de terre en direction de Pokorne, le charger en brandissant la pelle en avant, foncer tête baissée dans la cloison pourrie de la grange... Il crut tenir une occasion lorsqu'un nuage plus important que les autres vint faire écran entre le petit bout de Bohême sur lequel il se démenait, et la lune. La torche qui poussa immédiatement dans le poing libre de Pokorne réduisit cet espoir à néant.

Novacek commençait à capituler, à se demander de quelle intensité était la souffrance entre le moment où la balle pénétrait dans la nuque et celui où l'information parvenait au cerveau. Ce n'était peut-être qu'une fraction de seconde, mais cette fraction-là faisait une sacrée différence... La fosse avait maintenant un bon mètre de profondeur, et il devait prendre son souffle avant de balancer la terre à la surface. Pokorne s'était approché. La pelletée s'écrasa à dix centimètres de ses chaussures. Il jugea que le travail était suffisant, et c'est au moment où il soulevait son arme en direction de Novacek que deux puissants faisceaux de phares trouèrent l'obscurité. Le tueur se retourna, par réflexe, et Novacek en profita pour le frapper d'un mouvement circulaire à hauteur des genoux. Il s'effondra en hurlant de douleur, et se mit à ramper vers son arme qui lui avait échappé des mains. La chaussure d'Osvald s'écrasa sur ses doigts, à deux centimètres de la crosse. Novacek se hissa sur le bord de sa tombe. Il n'eut pas la force de se mettre debout, et leva la tête vers Osvald.

— À une minute près, c'était le flagrant délit...

— J'ai fait ce que j'ai pu... J'ai reçu un appel anonyme en provenance du château Dobris... Ça n'a pas été facile de trouver où ils t'avaient emmené...

Les deux hommes qui s'étaient emparés d'Alina Branik s'approchèrent et passèrent les menottes à Pokorne tandis qu'Osvald aidait Novacek à se relever.

— Il y a quelqu'un qui t'attend dans la voiture...

Un but dans la vie

Ladislas Mirotek s'était rencogné à l'arrière de la Mercedes. Il se pencha à la fenêtre pour inviter Novacek à le rejoindre.

— C'était donc ça que tu étais venu chercher chez nous ?

Novacek empila les trois cassettes sur l'accoudoir en cuir.

— Peut-être... Je ne sais jamais exactement après quoi je cours...

— En tout cas, tu as de l'endurance ! Ici on dit qu'un homme touché par la force de la vérité peut désarmer une division entière...

Il tapota les cassettes.

— Ils le faisaient chanter, ton écrivain ?

Pokorne et Alina passèrent devant la voiture, encadrés par des policiers en civil qui les poussèrent vers un fourgon.

— Même pas... Je suis persuadé qu'ils l'avaient oublié, et que c'est Doline qui est venu se fourrer dans la gueule du loup.

— Pourquoi ?

— Ses livres commençaient à rencontrer un succès

phénoménal à l'Ouest, et il ne dormait plus en pensant à toutes ses compromissions avec l'A.I.E.M. Il a voulu racheter son passé sans comprendre qu'il désignait du doigt, par sa seule présence, d'anciens flics relookés en démocrates...

Ladislas le prit par l'épaule et l'attira vers lui.

— C'est à nous de voir, maintenant... Tiens...

Il s'était penché pour prendre un lourd dossier posé à ses pieds, sous la banquette.

— Qu'est-ce que c'est ?

— Là-dedans il y a toute l'histoire de ton père... Jusqu'à sa fuite, en 1952...

La voiture se mit en marche. Osvald avait pris le volant de la Volvo. Novacek sentit les larmes lui monter aux yeux. Le géant, Bob, les scopitones, le barbecue des Espagnols, les loubards d'Aubervilliers, le hall des Courtillières, l'odeur de mort dans les couloirs de l'hôpital, les sanglots de sa mère... Tout afflua en désordre, comme une crue trop longtemps contenue emporte tout sur son passage.

— Mais comment... Comment...

— Ne me pose pas de questions, François... Tu liras tout ça quand tu seras seul... Ce que je peux te dire, c'est que tu ne dois pas avoir honte de lui... Écoute... Nous nous sommes connus en 1944, dans un groupe de partisans... J'avais vingt ans et Jiri deux ou trois ans de moins. On a risqué notre peau plus souvent qu'à notre tour... Après la victoire contre les nazis nous étions sûrs de nous, et nous pensions, après toute cette horreur, que notre mission était d'instaurer le bonheur. À tout prix. Chacun avait un rôle à jouer, au poste qui était le sien. Il n'y avait pas de différence entre un chercheur et une

217

cuisinière, entre un pilote d'avion et un flic... On a commencé par faire la chasse aux collabos des nazis, puis, insensiblement, on nous a appris à chercher les déviants dans nos propres rangs... Les meilleurs d'entre nous devenaient des traîtres. On condamnait à mort des types qui avaient fait les Brigades internationales sous le prétexte qu'ils avaient été en contact avec des « agents trotskistes »... Nous avons accepté qu'on les pende... Certains d'entre nous ont même applaudi...

Sa voix se brisa. Il tourna la tête et reprit son calme en regardant défiler la campagne tchèque.

— Et pourquoi il est parti, lui...

Ladislas Mirotek prit la photo de l'Étoile rouge de Prague dans sa poche, celle où il figurait en compagnie de Jiri Novacek.

— À cause de ce match... C'était en mars 1952, dans la banlieue de Moscou...

— À Dzerjinski...

— Non, je ne me souviens plus du nom du stade... C'était la finale de la coupe Dzerjinski, une compétition entre toutes les équipes de foot des polices politiques du bloc communiste... Nous étions opposés au club du K.G.B., le Dynamo de Moscou. C'étaient les favoris, et on nous avait avertis que de hauts responsables du Parti soviétique assisteraient au match... Et peut-être même Staline... On a atteint la mi-temps sur le score de 0 à 0, un vrai miracle... À la dernière minute, alors qu'on se préparait tous aux prolongations, ton père a récupéré une balle de l'arrière-droit. Anton Bunzl...

— Celui qui s'est suicidé en 54 ?

— Exactement... Jiri a traversé le terrain et est

venu fusiller le goal russe, un tir en pleine lucarne, des vingt-cinq mètres. On a su plus tard que Staline était vraiment là... On est rentré à Prague, et les ennuis ont débuté, pour Bunzl et surtout pour ton père... Pendant quelques semaines Jiri était comme assommé, puis il a compris que si cet idéal de bonheur mondial ne supportait pas la plus élémentaire des règles du jeu, c'est qu'il ne valait pas la peine d'être défendu. Il a fait semblant de courber la tête, et, à la première occasion, un match amical dans le Berlin d'avant le mur, il a filé sans laisser d'adresse...

La Mercedes s'arrêta devant le château Dobris. Novacek en descendit et se dirigea vers sa Volvo. Osvald lui sourit.

— Qu'est-ce que tu fais ? Tu restes quelques jours encore à Prague ?

— Je crois que j'ai besoin de retourner au pays... Je vais aller récupérer mes fringues, là-haut, et faire un bout de route jusqu'à ce que le jour se lève... Après je m'arrêterai pour lire ça...

Il leva le dossier à hauteur de leurs visages, et c'est à cet instant qu'il découvrit le nom porté sur la tranche : « Jiri Kolder ». Il fronça les sourcils, desserra la sangle et compulsa les papiers qui tous reproduisaient le même nom, Jiri Kolder. Il courut vers la Mercedes qui s'apprêtait à quitter le château.

— Qu'est-ce que ça veut dire ? Vous vous êtes trompé de dossier... C'est celui d'un certain Kolder...

Ladislas passa la tête par la portière.

— C'était le nom de ton père, François... Kolder,

Jiri Kolder... C'est moi qui lui ai fabriqué ses faux papiers... Je ne croyais pas qu'ils tiendraient plus de cinquante ans... Au revoir, François. Bonne chance...

La Mercedes disparut dans la nuit.

Un oui pour un nom

Novacek quitta la République tchèque par l'ouest. Des centaines de camions stationnaient dans la forêt, et les routiers se réchauffaient autour de feux de bois. Il se lança dans le labyrinthe des autoroutes allemandes. Au fur et à mesure qu'il avançait, le pays se recouvrait de neige, aveuglant son rétroviseur. Il leva le pied, à l'approche de Francfort, quand Radio France International annonça dans un flash spécial que le président tchèque venait de procéder à un remaniement ministériel.

— *Le secrétaire d'État à la culture, l'ancien poète dissident Emil Pospiesil, a été démis de ses fonctions et placé en garde à vue. D'après Osvald Ostatek du journal* En face, *Pospiesil serait un agent de l'ancienne police politique tchécoslovaque.* En face *affirme également que Pospiesil est l'instigateur du meurtre d'un écrivain français, Frédéric Doline, l'auteur du très remarqué* Les Moissons du Diable, *dont on était sans nouvelles depuis plusieurs semaines...*

La Volvo s'extirpa du périphérique à la porte de la Villette vers huit heures du soir. La rue de Flandre était curieusement dégagée. Il passa devant le café des

Cordier, l'ombre d'Alain glissa devant la fenêtre du deuxième étage. Au coin de la rue, Bob rentrait ses trésors dans la salle de la brocante. Il n'eut pas la force de s'arrêter.

Nadège sortait de l'immeuble quand il vint se ranger le long du quai. Il courut vers elle et la prit dans ses bras.

— Tu m'as manqué, tu sais...

Elle ferma les yeux pour l'embrasser à pleine bouche. Il l'entraîna vers le pont de Crimée en lui racontant la pauvre histoire de Frédéric Doline. Ils s'arrêtèrent devant les ruines des entrepôts à café. Une inscription surnageait de l'océan de graffiti qui recouvrait une palissade de chantier : « Ce mur sera bientôt édité. » Novacek ouvrit le dossier de Jiri. Elle le laissa parler longuement.

— Tu lui en veux ?

— Non... C'était un autre monde... Ils avaient peur de leur ombre... De leur nom... Regarde-moi : je ne sais même plus comment je m'appelle !

Elle brouilla ses cheveux, d'un geste amoureux.

— Je te ferais remarquer que moi non plus ! Madame Novacek, madame Kolder ? Qu'est-ce que tu décides ?

Novacek sortit son carnet et déchira deux feuilles. Il en tendit une à Nadège.

Ils écrivirent chacun de leur côté et plièrent leur message avec des airs mystérieux. Ils les posèrent sur la pierre de la berge. Novacek tendit la main pour les mélanger.

— À toi l'honneur...

L'Atalante glissait sur le bassin de la Villette quand Nadège les ouvrit sur deux Novacek.

Les maximes d'urinoir découvertes par Novacek figurent, au milieu de mille autres, dans les trois tomes de Les murs se marrent *de Régis Hauser, publiés par les éditions Manya.*

DU MÊME AUTEUR

Aux Éditions Gallimard

Dans la collection Série Noire

MEURTRES POUR MÉMOIRE, n° 1945/Folio n° 1955, Grand Prix de la Littérature policière 1984. Prix Paul-Vaillant-Couturier 1984.

LE GÉANT INACHEVÉ, n° 1956. Prix 813 du roman noir 1984 (Folio n° 2503).

LE DER DES DERS, n° 1986, Folio n° 2692.

MÉTROPOLICE, n° 2009.

LE BOURREAU ET SON DOUBLE, n° 2061, Folio n° 2787.

LUMIÈRE NOIRE, n° 2109 (Folio n° 2530).

Dans la collection Page Blanche

À LOUER SANS COMMISSION

Aux Éditions Denoël

LA MORT N'OUBLIE PERSONNE, Folio n° 2167.

LE FACTEUR FATAL, Folio n° 2396. Prix Populiste, 1992.

ZAPPING, Folio n° 2558. Prix Louis-Guilloux, 1993.

EN MARGE, Folio n° 2765.

UN CHÂTEAU EN BOHÊME.

Aux Éditions Verdier

AUTRES LIEUX

MAIN COURANTE

LES FIGURANTS

Aux Éditions du Masque

MORT AU PREMIER TOUR (épuisé)

Aux Éditions de l'Instant

NON-LIEUX (épuisé)

Aux Éditions Syros/Souris Noire

LA FÊTE DES MÈRES
LE CHAT DE TIGALI

Aux Éditions Folie d'Encre

QUARTIER DU GLOBE (épuisé)

Aux Éditions Manya

PLAY-BACK, Folio nº 2635. Prix Mystère de la Critique, 1987.

Aux Éditions Julliard

HORS LIMITES

Aux Éditions de la Farandole

LE PAPILLON DE TOUTES LES COULEURS, Prix Alphonse-Daudet, 1994.

Aux Éditions Baleine

NAZIS DANS LE MÉTRO

Aux Éditions Hoebeke

À NOUS LA VIE ! (photos de Willy Ronis).

COLLECTION FOLIO

Dernières parutions

2625. Pierre Gamarra — *Le maître d'école.*
2626. Joseph Hansen — *Les ravages de la nuit.*
2627. Félicien Marceau — *Les belles natures.*
2628. Patrick Modiano — *Un cirque passe.*
2629. Raymond Queneau — *Le vol d'Icare.*
2630. Voltaire — *Dictionnaire philosophique.*
2631. William Makepeace Thackeray — *La Foire aux Vanités.*
2632. Julian Barnes — *Love, etc.*
2633. Lisa Bresner — *Le sculpteur de femmes.*
2634. Patrick Chamoiseau — *Texaco.*
2635. Didier Daeninckx — *Play-back.*
2636. René Fallet — *L'amour baroque.*
2637. Paula Jacques — *Deborah et les anges dissipés.*
2638. Charles Juliet — *L'inattendu.*
2639. Michel Mohrt — *On liquide et on s'en va.*
2640. Marie Nimier — *L'hypnotisme à la portée de tous.*
2641. Henri Pourrat — *Bons, pauvres et mauvais diables.*
2642. Jacques Syreigeol — *Miracle en Vendée.*
2643. Virginia Woolf — *Mrs Dalloway.*
2645. Jerome Charyn — *Elseneur.*
2646. Sylvie Doizelet — *Chercher sa demeure.*
2647. Hervé Guibert — *L'homme au chapeau rouge.*
2648. Knut Hamsun — *Benoni.*
2649. Knut Hamsun — *La dernière joie.*
2650. Hermann Hesse — *Gertrude.*
2651. William Hjortsberg — *Le sabbat dans Central Park.*

2652.	Alexandre Jardin	*Le Petit Sauvage.*
2653.	Philip Roth	*Patrimoine.*
2655.	Fédor Dostoïevski	*Les Frères Karamazov.*
2656.	Fédor Dostoïevski	*L'Idiot.*
2657.	Lewis Carroll	*Alice au pays des merveilles*
		De l'autre côté du miroir.
2658.	Marcel Proust	*Le Côté de Guermantes.*
2659.	Honoré de Balzac	*Le Colonel Chabert.*
2660.	Léon Tolstoï	*Anna Karénine.*
2661.	Fédor Dostoïevski	*Crime et châtiment.*
2662.	Philippe Le Guillou	*La rumeur du soleil.*
2663.	Sempé-Goscinny	*Le petit Nicolas et les copains.*
2664.	Sempé-Goscinny	*Les vacances du petit Nicolas.*
2665.	Sempé-Goscinny	*Les récrés du petit Nicolas.*
2666.	Sempé-Goscinny	*Le petit Nicolas a des ennuis.*
2667.	Emmanuèle Bernheim	*Un couple.*
2668.	Richard Bohringer	*Le bord intime des rivières.*
2669.	Daniel Boulanger	*Ursacq.*
2670.	Louis Calaferte	*Droit de cité.*
2671.	Pierre Charras	*Marthe jusqu'au soir.*
2672.	Ya Ding	*Le Cercle du Petit Ciel.*
2673.	Joseph Hansen	*Les mouettes volent bas.*
2674.	Agustina Izquierdo	*L'amour pur.*
2675.	Agustina Izquierdo	*Un souvenir indécent.*
2677.	Philippe Labro	*Quinze ans.*
2678.	Stéphane Mallarmé	*Lettres sur la poésie.*
2679.	Philippe Beaussant	*Le biographe.*
2680.	Christian Bobin	*Souveraineté du vide suivi de*
		Lettres d'or.
2681.	Christian Bobin	*Le Très-Bas.*
2682.	Frédéric Boyer	*Des choses idiotes et douces.*
2683.	Remo Forlani	*Valentin tout seul.*
2684.	Thierry Jonquet	*Mygale.*
2685.	Dominique Rolin	*Deux femmes un soir.*
2686.	Isaac Bashevis Singer	*Le certificat.*
2687.	Philippe Sollers	*Le Secret.*
2688.	Bernard Tirtiaux	*Le passeur de lumière.*
2689.	Fénelon	*Les Aventures de Télémaque.*
2690.	Robert Bober	*Quoi de neuf sur la guerre ?*
2691.	Ray Bradbury	*La baleine de Dublin.*

2692.	Didier Daeninckx	*Le der des ders.*
2693.	Annie Ernaux	*Journal du dehors.*
2694.	Knut Hamsun	*Rosa.*
2695.	Yachar Kemal	*Tu écraseras le serpent.*
2696.	Joseph Kessel	*La steppe rouge.*
2697.	Yukio Mishima	*L'école de la chair.*
2698.	Pascal Quignard	*Le nom sur le bout de la langue.*
2699.	Jacques Sternberg	*Histoires à mourir de vous.*
2701.	Calvin	*Œuvres choisies.*
2702.	Milan Kundera	*L'art du roman.*
2703.	Milan Kundera	*Les testaments trahis.*
2704.	Rachid Boudjedra	*Timimoun.*
2705.	Robert Bresson	*Notes sur le cinématographe.*
2706.	Raphaël Confiant	*Ravines du devant-jour.*
2707.	Robin Cook	*Les mois d'avril sont meurtriers.*
2708.	Philippe Djian	*Sotos.*
2710.	Gabriel Matzneff	*La prunelle de mes yeux.*
2711.	Angelo Rinaldi	*Les jours ne s'en vont pas longtemps.*
2712.	Henri Pierre Roché	*Deux Anglaises et le continent.*
2714.	Collectif	*Dom Carlos* et autres nouvelles françaises du XVIIe siècle.
2715.	François-Marie Banier	*La tête la première.*
2716.	Julian Barnes	*Le porc-épic.*
2717.	Jean-Paul Demure	*Aix abrupto.*
2718.	William Faulkner	*Le gambit du cavalier.*
2719.	Pierrette Fleutiaux	*Sauvée !*
2720.	Jean Genet	*Un captif amoureux.*
2721.	Jean Giono	*Provence.*
2722.	Pierre Magnan	*Périple d'un cachalot.*
2723.	Félicien Marceau	*La terrasse de Lucrezia.*
2724.	Daniel Pennac	*Comme un roman.*
2725.	Joseph Conrad	*L'Agent secret.*
2726.	Jorge Amado	*La terre aux fruits d'or.*
2727.	Karen Blixen	*Ombres sur la prairie.*
2728.	Nicolas Bréhal	*Les corps célestes.*
2729.	Jack Couffer	*Le rat qui rit.*
2730.	Romain Gary	*La danse de Gengis Cohn.*

2731.	André Gide	*Voyage au Congo* suivi de *Le retour du Tchad.*
2733.	Ian McEwan	*L'enfant volé.*
2734.	Jean-Marie Rouart	*Le goût du malheur.*
2735.	Sempé	*Âmes sœurs.*
2736.	Émile Zola	*Lourdes.*
2737.	Louis-Ferdinand Céline	*Féerie pour une autre fois.*
2738.	Henry de Montherlant	*La Rose de sable.*
2739.	Vivant Denon Jean-François de Bastide	*Point de lendemain,* suivi de *La Petite Maison.*
2740.	William Styron	*Le choix de Sophie.*
2741.	Emmanuèle Bernheim	*Sa femme.*
2742.	Maryse Condé	*Les derniers rois mages.*
2743.	Gérard Delteil	*Chili con carne.*
2744.	Édouard Glissant	*Tout-monde.*
2745.	Bernard Lamarche-Vadel	*Vétérinaires.*
2746.	J.M.G. Le Clézio	*Diego et Frida.*
2747.	Jack London	*L'amour de la vie.*
2748.	Bharati Mukherjee	*Jasmine.*
2749.	Jean-Noël Pancrazi	*Le silence des passions.*
2750.	Alina Reyes	*Quand tu aimes, il faut partir.*
2751.	Mika Waltari	*Un inconnu vint à la ferme.*
2752.	Alain Bosquet	*Les solitudes.*
2753.	Jean Daniel	*L'ami anglais.*
2754.	Marguerite Duras	*Écrire.*
2755.	Marguerite Duras	*Outside.*
2756.	Amos Oz	*Mon Michaël.*
2757.	René-Victor Pilhes	*La position de Philidor.*
2758.	Danièle Sallenave	*Les portes de Gubbio.*
2759.	Philippe Sollers	*PARADIS 2.*
2760.	Mustapha Tlili	*La rage aux tripes.*
2761.	Anne Wiazemsky	*Canines.*
2762.	Jules et Edmond de Goncourt	*Manette Salomon.*
2763.	Philippe Beaussant	*Héloïse.*
2764.	Daniel Boulanger	*Les jeux du tour de ville.*
2765.	Didier Daeninckx	*En marge.*
2766.	Sylvie Germain	*Immensités.*
2767.	Witold Gombrowicz	*Journal I (1953-1958).*

2768.	Witold Gombrowicz	*Journal II (1959-1969).*
2769.	Gustaw Herling	*Un monde à part.*
2770.	Hermann Hesse	*Fiançailles.*
2771.	Arto Paasilinna	*Le fils du dieu de l'Orage.*
2772.	Gilbert Sinoué	*La fille du Nil.*
2773.	Charles Williams	*Bye-bye, bayou!*
2774.	Avraham B. Yehoshua	*Monsieur Mani.*
2775.	Anonyme	*Les Mille et Une Nuits III (contes choisis).*
2776.	Jean-Jacques Rousseau	*Les Confessions.*
2777.	Pascal	*Les Pensées.*
2778.	Lesage	*Gil Blas.*
2779.	Victor Hugo	*Les Misérables I.*
2780.	Victor Hugo	*Les Misérables II.*
2781.	Dostoïevski	*Les Démons (Les Possédés).*
2782.	Guy de Maupassant	*Boule de suif et autres nouvelles.*
2783.	Guy de Maupassant	*La Maison Tellier. Une partie de campagne et autres nouvelles.*
2784.	Witold Gombrowicz	*La pornographie.*
2785.	Marcel Aymé	*Le vaurien.*
2786.	Louis-Ferdinand Céline	*Entretiens avec le Professeur Y.*
2787.	Didier Daeninckx	*Le bourreau et son double*
2788.	Guy Debord	*La Société du Spectacle*
2789.	William Faulkner	*Les larrons.*
2790.	Élisabeth Gille	*Le crabe sur la banquette arrière.*
2791.	Louis Martin-Chauffier	*L'homme et la bête.*
2792.	Kenzaburô Ôé	*Dites-nous comment survivre notre folie.*
2793.	Jacques Réda	*L'herbe des talus.*
2794.	Roger Vrigny	*Accident de parcours.*
2795.	Blaise Cendrars	*Le Lotissement du ciel.*
2796.	Alexandre Pouchkine	*Eugène Onéguine.*
2797.	Pierre Assouline	*Simenon.*
2798.	Frédéric H. Fajardie	*Bleu de méthylène.*
2799.	Diane de Margerie	*La volière suivi de Duplicités.*
2800.	François Nourissier	*Mauvais genre.*
2801.	Jean d'Ormesson	*La Douane de mer.*

2802.	Amos Oz	*Un juste repos.*
2803.	Philip Roth	*Tromperie.*
2804.	Jean-Paul Sartre	*L'engrenage.*
2805.	Jean-Paul Sartre	*Les jeux sont faits.*
2806.	Charles Sorel	*Histoire comique de Francion.*
2807.	Chico Buarque	*Embrouille.*
2808.	Ya Ding	*La jeune fille Tong.*
2809.	Hervé Guibert	*Le Paradis.*
2810.	Martín Luis Guzmán	*L'ombre du Caudillo.*
2811.	Peter Handke	*Essai sur la fatigue.*
2812.	Philippe Labro	*Un début à Paris.*
2813.	Michel Mohrt	*L'ours des Adirondacks.*
2814.	N. Scott Momaday	*La maison de l'aube.*
2815.	Banana Yoshimoto	*Kitchen.*
2816.	Virginia Woolf	*Vers le phare.*
2817.	Honoré de Balzac	*Sarrasine.*
2818.	Alexandre Dumas	*Vingt ans après.*
2819.	Christian Bobin	*L'inespérée.*
2820.	Christian Bobin	*Isabelle Bruges.*
2821.	Louis Calaferte	*C'est la guerre.*
2822.	Louis Calaferte	*Rosa mystica.*
2823.	Jean-Paul Demure	*Découpe sombre.*
2824.	Lawrence Durrell	*L'ombre infinie de César.*
2825.	Mircea Eliade	*Les dix-neuf roses.*
2826.	Roger Grenier	*Le Pierrot noir.*
2827.	David McNeil	*Tous les bars de Zanzibar.*
2828.	René Frégni	*Le voleur d'innocence.*
2829.	Louvet de Couvray	*Les Amours du chevalier de Faublas.*
2830.	James Joyce	*Ulysse.*
2831.	François-Régis Bastide	*L'homme au désir d'amour lointain.*
2832.	Thomas Bernhard	*L'origine.*
2833.	Daniel Boulanger	*Les noces du merle.*
2834.	Michel del Castillo	*Rue des Archives.*
2835.	Pierre Drieu la Rochelle	*Une femme à sa fenêtre.*
2836.	Joseph Kessel	*Dames de Californie.*
2837.	Patrick Mosconi	*La nuit apache.*
2838.	Marguerite Yourcenar	*Conte bleu.*
2839.	Pascal Quignard	*Le sexe et l'effroi.*

2840. Guy de Maupassant — *L'Inutile Beauté.*
2841. Kôbô Abé — *Rendez-vous secret.*
2842. Nicolas Bouvier — *Le poisson-scorpion.*
2843. Patrick Chamoiseau — *Chemin-d'école.*
2844. Patrick Chamoiseau — *Antan d'enfance.*
2845. Philippe Djian — *Assassins.*
2846. Lawrence Durrell — *Le Carrousel sicilien.*
2847. Jean-Marie Laclavetine — *Le rouge et le blanc.*
2848. D.H. Lawrence — *Kangourou.*
2849. Francine Prose — *Les petits miracles.*
2850. Jean-Jacques Sempé — *Insondables mystères.*
2851. Béatrix Beck — *Des accommodements avec le ciel*
2852. Herman Melville — *Moby Dick*
2853. Jean-Claude Brisville — *Beaumarchais, l'insolent*
2854. James Baldwin — *Face à l'homme blanc*
2855. James Baldwin — *La prochaine fois, le feu*
2856. W.-R. Burnett — *Rien dans les manches*
2857. Michel Déon — *Un déjeuner de soleil*
2858. Michel Déon — *Le jeune homme vert*

Composition Traitext.
Impression Bussière Camedan Imprimeries
à Saint-Amand (Cher), le 19 août 1996.
Dépôt légal : août 1996.
Numéro d'imprimeur : 1/1897.
ISBN 2-07-040109-X./Imprimé en France.

77291